먼 불빛

이태수 시선집

문학세계사

꿈과 현실 사이를 떠돌고 헤매면서 예까지 왔다. 여전히 꿈은 현실 저 너머에 있는 것 같아 쓸쓸하고 목마르다.

지난날로 거슬러 올라가 되돌아오면서 지금까지 낸 14권의 시집을 차례로 들여다보았다. '초월에의 꿈꾸기'가 한결같은 기본 명제(화두)였지만 시대와 세월의 흐름, 생각과 느낌의 변화와 맞물려 완만하게나마 변모를 거듭해 온 듯하다.

이 선집은 시적 완성도보다는 그런 변모의 과정을 염두에 두면서 시집들에 실린 900여 편 가운데 100편을 골라 연대순으로 엮었으며, 2000년대 이후의 근작에 조금 더 무게가 주어졌다.

이 매듭 하나를 짓고 나니 적잖이 허탈하다. 갈 수 있는 길이 이제 어느 정도 남아 있는지는 알 수 없으나 앞으로도 역시 이 걸음으로 가는 데까지 가 볼 수밖에 없을 것 같다.

2018년 봄

이태수

차 례

1 *1974~1990*

『그림자의 그늘』|『우울한 비상의 꿈』|『물속의 푸른 방』|『안 보이는 너의 손바닥 위에』

2 *1991~1999*

『꿈속의 사닥다리』 | 『그의 집은 둥글다』 | 『안동 시편』 | 『내 마음의 풍란』

3 2000~2012

『이슬방울 또는 얼음꽃』 | 『회화나무 그늘』 | 『침묵의 푸른 이랑』

4 *2013~2018*

『침묵의 결』 | 『따뜻한 적막』 | 『거울이 나를 본다』

1
1974~1990

『그림자의 그늘』
『우울한 비상의 꿈』
『물속의 푸른 방』
『안 보이는 너의 손바닥 위에』

낮술

풀어지면서 한 잔
만촌동 산비알 포장집
구석에 몰리며 두 잔
낮술에 마음 맡겨 희멀건 낮달처럼
희멀겋게 석 잔, 넉 잔

무서워요. 눈 뜨면 요즈음은
칼날이 달려와요. 낮과 밤
꿈속에서도 매일 목 졸리어요.
누군가 자꾸
자꾸 술만 권해요.

거울을 깨뜨려요.
구석으로 움츠리며 낮술에 젖어
얼굴 버리고 걸어가요. 요즈음은
아예 얼굴 지우고, 깨어서도
잠자며 걸어가요.

걸어가요. 한반도의 그늘 속을
낮술에 끌리어 낮달처럼
희멀겋게 희멀겋게 다섯 잔
여섯 잔, 열두 잔

—『그림자의 그늘』(1979, 심상사)

다시 사월은 가고

다시 사월은 가고
한 쌍의 금화조錦華鳥, 조롱 속에서
날개를 파닥이는 낮 한때
창가에 매달려 파닥이다가
울었어요. 어깨로만,
황사黃砂 몰려오고
바람에 묻어 어른대는 얼굴, 얼굴들.
빈 의자 모서리엔
그때의 그 뜨거운 꽃봉오리들이
남아 술렁이었어요.
또 풀꽃들은 시들고
속절없이 창유리에 눈 박으며
금이 간 꿈 몇 조각, 떠돌다 지워지고
스러졌다 뿌옇게 글썽이는
피의 귀한 빛깔들을
붙들어 안았어요. 내 눈은 어두우나
눈부시던 날의 그 성난 목소리

더듬어 귀를 대면서

다시 날개를 꿈꾸고

먹구름 사이 떠 흐르는 눈빛들.

어깨 세우고 바로 걷던 자들의

오오, 불붙은 가슴들,

그 완강한 숨소리 가까이에

조심 조심 다가서면서.

사월의 꿈, 그 황홀한 가장자리에서.

—『그림자의 그늘』(1979, 심상사)

낮에 꾸는 꿈

낮달이 슬리고 있다.
유월 한낮 가문 하늘에
흔들리다 지워지는 한 포기의 풀,
풀 한 포기의 목마름이
저토록 버려지고 있다.
먼지바람 불고
휩쓸리며 떠내려가는 내 발자국들도
뿌옇게 지워지고,
어두운 길이 이윽고 뜬구름 위에 떠 있다.

그러나 보라. 산허리엔
이마 조아린 새들,
다친 날개를 비비대고 있고
단비 안은 바람이 어른대며 오고 있다.
강물은 묵묵히 엎드려 흐르고
입 다문 하늘과 땅 사이에
물오르는 말들이 은밀하게 뿌리내리고 있다.

낮에도 캄캄한 가슴 쪼아 대던
구겨지고 구겨진 마음,
저 유월 가문 하늘가에
잉크물처럼 스며 번지고 있다.

—『그림자의 그늘』(1979, 심상사)

그림자의 그늘 3

안개 뜯으며
개들이 짖고 있다.
드문드문 눈 비비는 별빛
풀잎에 흩어지고
반쯤 피다 시든 꽃 한 잎,
창유리에 매달리고 있다.
바람에 불리며
뼈 부러지는 소리를 내는
한 조각의 꿈, 꿈 한 조각의 아픔
안개 속에 떠돌고 있다.
발, 동동 구르며
안으로 걸린 빗장 밖에서
캄캄한 머리, 떠돌던 이마의 주름이
칼을 쓰고 운다.
눈 비비고 봐도 거울엔
내 얼굴이 없다.
안 보이는 내 얼굴이 컹컹컹

야반夜半의 하늘 끝으로

개 짖는 소리, 흘리고 있다.

―『그림자의 그늘』(1979, 심상사)

그림자의 그늘 9

서녘에 매달린다.
빈 들. 불두화佛頭花는 지고
까마귀 울음 묻어나는 고목枯木 가지에
몇 점, 별이 눈 뜨고 있다.
눈 가리고
이리저리 휩쓰는 바람.
시든 초목草木들이 넘어지고
쓰러지며 앉는다.
손거울을 던진다.
잃어버린 내 얼굴
바람에 쓸려 버린 이 가슴,
빈 들에 눕고 있다.
느리고 질기게 별빛 안으며
별을 키우며.
잠이 밀려 온다.
잠의 저 끝에도 돋아나는 별
혹은 이빨 가는 풀잎들.

— 내 얼굴을 돌려 다오.

　　　내 얼굴을 돌려 다오.

　—『그림자의 그늘』(1979, 심상사)

물소리

내 선잠 속
꿈꾸는 꿈은
물소리에 귀를 대고 있다.
잠든 자의 속눈썹을
흔들기도 하고
사체산師彘山의 계곡溪谷,
사체산에 대숲에 이는 그림자를
꾀어 내기도 해서는
옥玉빛 거문고,
젖은 자락 자욱이
뜨게도 한다.
가끔
절반折半은 잠 밖으로
잠 밖의 꿈으로 흐르기도 하고
머리 푼 물계자勿稽子,
서운한 옷자락을
적시기도 한다.

달빛 내리어

물 위에 흐르던

물 위의 거문고 소리

물소리에 잠기고

머리 푼 물계자勿稽子,

긴 머리칼이

이승 바람에 나부낀다.

—『그림자의 그늘』(1979, 심상사)

아침, 장난감 비행기를 타고

태엽을 조금 감고, 삐걱거리는
가슴과 발바닥에 기름을 조금 더 치고
신발 끈을 맨다. 뜨락에는
시멘트 틈으로 팔을 내민 몇 포기의 풀,
풀잎 위의 몇 방울 이슬,
개들이 뛴다. 우리 집 철부지의 장난감 비행기는
막 프로펠러를 돌리고 있는 참이다.
햇살 속으로 뛰어드는 개들의 털끝엔
누군가의 휘파람 소리, 일어서고
휘파람 언저리로 미끄러지는
햇발, 햇발,
란도셀을 지고 가는
낯선 아이들의 어깨와 등 뒤엔
쇠붙이들이 유난히 반짝이고 있다.
물을 차듯 말 듯 제비들이 날아간다.
남은 안개를 차고 오르며
숙취와 간밤 꿈의 캄캄한 외투를 벗기면서,

거짓말처럼

날아오르고 싶은 아침, 첫 담뱃불을 비벼 끄며

우리 집 철부지의 장난감 비행기를 빌려 타고

시멘트 틈으로 이마 쳐드는 몇 포기의 풀,

풀잎 위에 글썽이는

이슬들을 안아 보는 아침,

— 아빠, 울어. 왜 울어, 아빠……

—『우울한 비상의 꿈』(1982, 문학과지성사)

나시 시 일에
—시인 연습 1

그래 그래 그래, 아빠는
구름 잡으러 가는 바람,
바람 잡으러 가는 구름이란다.
바람이 불거나 꽃이 지고 있을 때
봄이 와도 봄은 오지 않는 강가에서
몸을 비트는 나무들.
그래 그래 그래, 아빠는
잠들 때도 머리는 동쪽으로 두는
한 그루 나무란다. 가슴에는
등불 하나 달고, 불꽃이 일렁이는,
그래 그래 그래,
아빠는 이즈음 목이 칼칼한
말 거지란다. 말을 부르며 식은밥이 더욱 식는
오막살이 방 안에서 말을 더듬거리는,
그래 그래 그래, 아빠는
구름 잡으러 가는 바람,
바람 잡으러 가는 구름이란다.

봄이 와도 봄이 오지 않는

이 사월 한낮에,

말을 잊은 사월의 햇살 속에서.

—『우울한 비상의 꿈』(1982, 문학과지성사)

하회河回에서
―탈놀이

탈을 쓰면 아득하게
탈을 벗는 내 마음아,
짚신 신고 헤진 옷을 걸치고
부네가 이 잡아 주던
흙담 밑 양지바른 곳으로나 가서
힐끗힐끗 먼 하늘의 새털구름이나 볼거나.
초랭이를 만나 한바탕 졸랑대며 춤이나 추고
할미를 만나서는 한숨 한 번 꺼질 듯 쉬고
이지러진 웃음이나 흘릴거나, 이매에게는
내 마음아, 히죽이 이빨 드러내고
울어 버릴거나. 초랭이와 이매를 불러
다시 물어볼거나. 고개를 저을거나.
바람은 오늘도 산태극 물태극
물길 따라 휘돌아 불고 내 마음아,
백정이 높이 들고 흔드는 우랑처럼
부네의 매캐한 오줌 냄새처럼, 혹은
양반과 선비의 헛기침 소리처럼 오늘은

이리저리 건들거려 볼거나. 탈을 쓰고
세마치 가락을 타고 몽두리춤 추며
오금을 비비며 내 마음아,
부네가 이 잡아 주던
흙담 밑 양지바른 곳으로나 가서
탈을 쓰면 아득하게
탈을 벗는 내 마음아.
힐끗힐끗 먼 하늘의 새털구름이나 볼거나.

—『우울한 비상의 꿈』(1982, 문학과지성사)

동굴에서

나는 장님굴새우,
괸 물에 갇혀 더듬더듬
더듬이만 자라,
석순이 키 크는 동안
어둠에 입이나 맞추고
박쥐들 날아들면
귀만 트이고,

—『우울한 비상의 꿈』(1982, 문학과지성사)

내 마음의 새

내 마음 깊은 깊이에
새 한 마리가 살고 있다.
울지도 못하고 노래도 못하는
눈멀고 말라비튼 귀머거리
새 한 마리가 살고 있다.
눈보라 흩날리고
얼어붙은 내 마음 허허벌판에
날지도 못하고 걷지도 못하는
기막힌 새 한 마리,
새 한 마리의 캄캄한 마음이 살고 있다.
강물 풀리고 새아침이 밝아 올 때
단 한 번 울고 오래오래 노래할,
눈뜨고 귀가 트이는 그 시각을 위해
나의 새는 뼛물 말리며
웅크리고만 있다.
가혹한 비상의 꿈을 꾸며
새 하늘을 그리고 있다.

—『우울한 비상의 꿈』(1982, 문학과지성사)

망아지의 풋풋한 아침이 되고 싶다

망아지를 키우고 싶다. 내 가슴에
<u>으으으</u> 입술 깨무는
이 목마름을 위하여,
날이면 날마다 가위눌리는
가난한 꿈을 위하여,

뛰어가고 싶다. 때로는
물거품처럼 부서지더라도
식어 가는 가슴에 하나, 불을 달고
오랜 망설임도
주저앉아 기다리던 기다림도 박차 버리고,

이마를 부딪고 싶다. 휘어지지 않고
하루살이처럼 맹렬하게
하지만 싸늘하게 눈 부릅뜨고
화살 되어 꽂히고 싶다.
어딘가 가 닿아 뜨겁게 불붙고 싶다.

지친 밤에는 하늘의 별들
하나씩 불러 모으고, 가혹한 꿈 돋우어 내며
새우잠 속의 뒤척임,
이 아픔도 새벽하늘에 내어다 걸고
어둠 가르며 번뜩이는
칼날이 되고 싶다. 별빛이 되고 싶다.

아아, 망아지가 되고 싶다.
울타리 뛰어 넘어 혹은 불처럼
거침없이 치닫는 야생의
고삐 풀린 망아지,
망아지의 풋풋한 아침이 되고 싶다.

— 『우울한 비상의 꿈』(1982, 문학과지성사)

눈은 내려서

눈은 내려서
우리 집 낮은 처마 밑에 붐비고
불안하게 흔들리는 저녁 불빛,
서성이며 목말라 하는 나의
어깨 위에도 몰려오고,
앓아누운 어린 것
이마를 짚고 있는 내 손을 더욱
더욱 시리게 하고,

눈은 내리고 내려서
이 저녁,
허우적이는 내 마음 빈 가장귀와
간밤 꿈에서 만난 빛 사이를
이어 주고, 덮어 주고,

눈은 내리고
내리고 또 내려서

지워지는 것들, 천천히 살아나게 하고,
살아나는 모든 것들을 지우고
지우며
아득하게 서성이는
밤을 안겨다 주고.

—『우울한 비상의 꿈』(1982, 문학과지성사)

나는 다만 하나의 모래알로

하나의 나뭇잎이 흔들린다.
칠흑의 바다에 떠 있는
한 점
섬의 불빛, 또는 조각배.
나는 다만
하나의 모래알로 뒤챈다.
문득 누가
우주의 저편으로 뛰어내리고 있는지,
성급한 유성이 하나
따라가고 있다. 끝 간 데 없이,
바람 불고 파도가 거칠어져도
나는 다만
하나의 모래알로 뒹굴며
꿈을 꾸고 있다. 가혹하게
핏속에 불을 지피고 있다.

—『물속의 푸른 방』(1986, 문학과지성사)

물속의 푸른 방

흐르는 물에 발을 담근다.
서늘하고 둥근 물소리……
나는 한참을 더 내려가서
집 한 채를 짓는다.
물소리 저 안컨에
날아갈 듯 서 있는 나의 집, 나의
푸른 방에는
얼굴 말끔히 씻은 실바람과
별빛이 술렁이고
등불이 하나 아득하게 걸리어 있다.

—『물속의 푸른 방』(1986, 문학과지성사)

나의 섬

섬을 하나 빚는다. 아무도 모르게
내 마음속 깊이,

푸른 물 아득히 두르고
싱싱한 숲길이 기지개를 켠다.

끼룩끼룩, 푸른 물감이 번지는
하늘 저편으로 이따금
갈매기들 날아오르고
거룻배 한 척, 밀리어 오면
나의 기다림에도
환하게 꽃잎이 벙근다.

우리는 뜨락에 앉아
별들이 이마를 비출 때까지
잘 익은 술을 마시며

가슴을 열어젖힌다. 푸른 공기, 푸른

꿈을 엮어서 지붕을 만들고
방을 만든다.

잠 속에서는 그래도 못다 이룬
꿈들 불러 모아
탑을 만든다. 그 눈부신 언저리……

이승에서는 언제까지나 가 닿을 수 없는
멀고 먼 마을, 이윽고 그곳에 당도해서
푸르게 숨을 쉬던 나는

다시 나의 섬이 차츰 가라앉고 있음을
눈을 비비며 바라본다.

이곳에선 다만 하나의 티끌, 하나의
상처인 나를 눈감으며 바라본다.

―시집『물속의 푸른 방』(1986, 문학과지성사)

망아지가 뜁니다

망아지가 뜁니다. 안개 걷히고
내 마음속 야트막한 언덕에는
달리는 풀밭, 그 사이로 낮게 구르는
개울물 소리…… 물속엔
보석 상자 또는 돌멩이 하나.

망아지가 뜁니다.
간밤의 무거운 꿈밖으로 걸어 나와
날 것만 같이 푸른 숲, 풋내를 가르며
막 뛰어내리는 햇살
을 껴입으며 저 먼 하는 트인 곳으로……

망아지가 뜁니다. 잃어버린 말들을 찾아
말들이 피워 올리는 푸른 불빛,
푸른 공기를 들이켜며 안아 올리는
보석 상자 또는 돌멩이 하나.

—『물속의 푸른 방』(1986, 문학과지성사)

눈 위에 눈이 내리고

눈 위에 눈이 내린다.
이제 아무도 아파하지 않는다.
물에 물을 붓듯이 상처에
상처가 깊어진다.
누가 아프다, 아프다고 소리 지른다.
하지만
그는 어디가 아픈지는 알지 못한다.
숨을 잠시 멈췄다 깊숙이 빨아들인다.
눈 위에 눈이 내리고
병든 시대에 병든 세월이
자꾸만 드러눕는다.

—『물속의 푸른 방』(1986, 문학과지성사)

나의 슬픔에게

나의 슬픔에게
날개를 달아 주고 싶다. 불을 켜서
오래 꺼지지 않도록
유리벽 안에 아슬하게 매달아 주고 싶다.
나의 슬픔은 언제나
늪에서 허우적이는 한 마리 벌레이기 때문에,
캄캄한 밤
바람에 흩날리는 나뭇잎이거나
아득하게 흔들리는 희망이기 때문에,

빈 가슴으로 떠돌며
부질없이 주먹도 쥐어 보지만
손끝에 흐트러지는 바람 소리,
바람 소리로 흐르는 오늘도
돌아서서 오는 길엔 그토록
섭섭하던 달빛, 별빛,

띄엄띄엄 밤하늘 아래 고개 조아리는
나의 슬픔에게
날개를 달아 주고 싶다. 불을 켜서
희미한 기억 속의 창을 열며
하나의 촛불로 타오르고 싶다.
제 몸마저 남김없이 태우는
그 불빛으로
나는 나의 슬픔에게
환한 꿈을 끼얹어 주고 싶다.

—『물속의 푸른 방』(1986, 문학과지성사)

나는 그와 만난다

잠이 돌아누울 때는
끌어안고, 달라붙을 때는 밀어 내며
입술을 깨물듯이,
나는 그와 만난다.

지하도의 마지막 계단을 내려서거나
올라가는 엘리베이터 속에 홀로 서서
무심코, 구두코의 먼지에
눈길이 닿아 있을 때, 또는

길을 걷다가 자신도 모르게
멈춰 서 있는 것을 발견하거나
핸들을 꽉 잡고 느낌도 없이
차의 속도를 붙이고 있을 때도

나는 그와 만난다.
만나고 싶지 않아도,

그 반대의 심정으로 안달이 나도
아무 표정도 없이 그는

저만큼 서 있기도 하고, 어느새
내 몸을 슬슬 빠져나가거나
다시 내 머릿속에 들어
한 차례 휘파람을 불기도 하고······

하지만 나는
오늘도 그와 만난다.
내일도, 어쩌면 영원히,
무덤에 이를 때까지.

—『안 보이는 너의 손바닥 위에』(1990, 문학과지성사)

너는 내 안에서 멀고

멀리서 눈감아 보면
너는 내 곁이 있고,
내 안에 있고,
미소 지으며 상냥하게
내 곁에 있을 때 너는
이미 저만큼 가고 있고,
너는 언제나
내 안에서 있으면서도 멀고.
저만큼 멀리서는
점점 더 가까이 다가와
이토록 깊이깊이 아픔이 되고,

— 『안 보이는 너의 손바닥 위에』(1990, 문학과지성사)

봄밤에는

봄밤에는 울고 싶어라.
개나리 노란 울타리 너머
손톱달 매달려 흔들리고 있네
복사꽃 피어 있는 내 마음 길에
문득문득 켜지는 불, 이내 꺼지고
남몰래 울고 싶어라.
네가 안 보이는 이 황량한 지상에서
너를 더듬어 하염없이 걸어가는
봄밤에는 울고 싶어라.

—『안 보이는 너의 손바닥 위에』(1990, 문학과지성사)

안 보이는 너의 손바닥 위에

편지를 쓴다. 너를 더듬어 걸으며
또는 이 이슥한 곳에서 흔들리면서,
밤하늘에는 어김없이
별들이 흩어져 앉아 이마 조아리고,
물 위에는 일어서는 별빛,
심호흡을 하고 있으면 희미하게
너의 머리카락이 보인다.
다시는 안 보일 것만 같던,
언젠가는 까마득히 잊힐 것만 같던
내 마음의 별, 별빛, 별들,
너는 어두운 내 마음의 하늘에
별로 떠오른다. 별빛을 뿌린다.
내가 쓴 편지는 이내 지워져 버리지만,
허공에 흩날리고 물결에 씻겨 가지만
편지를 쓴다. 이 밤에는
헐벗고 흔들리는 이 사랑의 글씨를
허공에, 물 위에, 안 보이는 너의 손바닥 위에……

—『안 보이는 너의 손바닥 위에』(1990, 문학과지성사)

절망의 빛깔은 아름답다

이룰 수 없는 꿈은 아름답다.
팔을 뻗고 발을 구르는
이 목마름은 아름답다.
뜬눈으로 밤을 건너거나
입술 깨물며 돌아서도
가눌 수 없는 이 눈물은 아름답다.
저만큼 가고 있는 네 등 뒤에
눈길을 주며, 강의 이쪽에서
돌이 되는 가슴은 아름답다.
지워도 지워도 되살아나는
아픔과 상처, 강의 저쪽과
이쪽, 그 사이의 하늘에 번지는
절망의 빛깔은 아름답다.

―『안 보이는 너의 손바닥 위에』(1990, 문학과지성사)

2
1991~1999

『꿈속의 사닥다리』
『그의 집은 둥글다』
『안동 시편』
『내 마음의 풍란』

그는 물 아래 집을 짓고

새들이 날아오르고, 물은
아래로 아래로 내려간다.
그는 하늘의 아득한 깊이에 있고
나는 이 먼지 도시, 무명無明 속에 있다.
뒤척일수록 벼랑 밑으로 굴러 내리고, 그는
목마름의 저켠에 서 있다.

새들이 돌아온다. 불현듯 강물이
거꾸로 흐른다. 뚜벅뚜벅, 그는
동성로에 당도해 신발 소리를 내고
나는 겨드랑이에 날개를 단다.
앞산이 새들을 품어 주는 동안
신천은 온갖 물을 받아들인다. 이윽고
그는 물 아래 집을 짓고, 나는
하늘의 아득한 깊이에 방을 만든다.
나는 물 아래 집으로, 그는 하늘의 방으로

들어선다. 새들이 일제히 날아 내리고
물은 자꾸만 사닥다리를 오르고 있다.

—『꿈속의 사닥다리』(1993, 문학과지성사)

꿈속의 사닥다리

꿈속에서 사닥다리를 오르고 있었다.
폭포를 배경으로 비스듬히
바위에 기대어 서 있는 사닥다리.
뛰어내리는 물과는 반대로
사닥다리를 오르고 있는 나를
보았다. 그러다가 다시 갑자기 반대로
폭포와 함께 뛰어내리는 나와
사닥다리를 타고 천천히 올라가고 있는
물을 보았다. 물거품으로 부서지는 나와
바위로 흐르는 물줄기를 보면서
나는 물이 되고, 물은 내가 되어
올라가고, 뛰어내리고……
또다시 그 반대로 뛰어내리고 올라가는
꿈을 꾸었다. 사닥다리 끝에서 어쩔 수 없이
거꾸로 내려오는 나와
폭포가 거슬러 오르는 장면이 보였다.
잠을 깬 뒤에도

담배를 거꾸로 물고 불을 붙였고,
천장과 방바닥이 번갈아 가며
얼굴과 가슴을 바꾸고 있다는 생각을
지울 수 없었다. 천장에 누워 눈을 비비면
방바닥이 쏟아져 내릴 듯
천장을 내려다보고 있었다.

—『꿈속의 사닥다리』(1993, 문학과지성사)

쥐뿔 찾기
―시법詩法

쥐뿔이 보일 때까지
내려가고 또 내려가리. 내려가다가
길이 막히면 다시 올라오며
찾고 또 찾아보리. 설령 언제나
개구리 눈에 물 붓기, 기름에
기름을 타거나 물에 물 엎지르기
가 되더라도 끝까지 걸어가 보리.
겨울이 오면 이미 봄이 저만큼 다가서고
사닥다리의 끝에 닿으면 다시
내려와야 하듯이, 내리막에서는
어김없이 오르막을 만나듯이,
지금 여기서 쳇바퀴를
돌리고 있으리. 다람쥐와 함께,
돈키호테와도 같이,
먹어도 먹어도 배고픈 거지처럼
쥐뿔이 보일 때까지,
영영 보이지 않는다는 사실을

잊어버릴 때까지, 올라가고
또 올라가리. 올라가다가 길이 막히면
하염없이 다시 내려오면서……

—『꿈속의 사닥다리』(1993, 문학과지성사)

길, 머나먼 길

길.

그의 집에 이르는,
좁고 깊은 아픔을 통해, 섬광처럼
정신의 저 높이에
반짝이는,
모든 길 벗어나, 깊이 내려가 있으므로
아득하게 빛나는,
바늘구멍으로 세상을 꿰뚫어 보는
그의
방, 그의 집에 이르는

머나먼 길.

마음의 길 하나 트면서

마음을 씻고 닦아 비워 내고
길 하나 만들며 가리.
이 세상 먼지 너머, 흙탕물을 빠져나와
유리알같이 맑고 투명한,

아득히 흔들리는 불빛 더듬어
마음의 길 하나 트면서 가리.
이 세상 안개 헤치며, 따스하고 높게
이마에는 푸른 불을 달고서,

—『꿈속의 사닥다리』(1993, 문학과지성사)

나무는 나무로

있는 그대로 껴안기로 했다. 뒤집고
뒤집다가 보면 결국
모든 것은 나를 비껴서 있을 뿐,
나무는 나무로, 돌멩이는 돌멩이로,
하늘의 구름은 하늘의
구름으로 받아들이기로 했다.
너는 저만큼 떠나고 있는, 아니면
내가 이만큼서 서성이고 있는,
그 사이의 바람 소리를, 미세하지만 완강한
이 신음 소리를 껴안기로 했다.
이즈음은 물소리나 바람 소리에
귀를 맡기고, 마음을 끼었고, 숙명과도 같이
내가 택한 이 오솔길을
걷기로 했다. 터덜터덜 걸으며
길가에 피어난 풀꽃이나 버티어선 바위,
돌부리에도 눈길을 주고
오늘의 이 지상,

이 가혹한 세월의 틈바구니에서
떠도는 꿈을 지우며, 때로는
힘겹게 꿈을 돋우어 내며
걷기로 했다. 담담하고 당당하게
풀잎은 풀잎으로, 아픔과 슬픔은
아픔과 슬픔으로,
지워질 듯 되살아나는 희망을 차츰씩
보듬어 안아 올리기로 했다.

—『꿈속의 사닥다리』(1993, 문학과지성사)

그의 집은 둥글다

그의 집은 둥글다. 하늘과 땅 사이
그의 집, 모든 방들은 둥글다.
모가 난 나의 집, 사각의 방에서
그를 향한 목마름으로 눈 감으면
지금의 나와 언젠가 되고 싶은 나 사이에
검고 깊게 흐르는 강.
모가 난 마음으로는
언제까지나 건널 수 없는 강.
신과 인간의 중간 지점에서 그는 그윽하게,
먼지 풀풀 나는 여기 이 쳇바퀴에서 나는
침침하게, 눈을 뜬다. 아득하게 느껴지는
그의 집은 둥글다. 하늘과 땅 사이
그의 집, 모든 방들은 둥글다.

—『그의 집은 둥글다』(1995, 문학과지성사)

둥근 마음을 꿈꿉니다

둥근 방을 꿈꿉니다. 이즈음은
밤마다 마음에 푸른 이랑 일구고
푸르게 일렁이는 그 이랑들 디디며
꿈길을 걷습니다. 밤은, 그가 아득하게
둥근 집, 둥근 방에서
새로운 꿈을 꾸는 시간입니다.
그의 마을 별들도 어둠 속에서
이마 조아리며 꿈꾸고, 나는
그 꿈의 마을에 이르는 절벽에
사닥다리를 놓습니다. 이즈음은 밤마다
마음을 낮추거나 한없이 드높여
그 사닥다리를 오릅니다. 그의 집,
그의 방과 같이 둥근 집, 둥근 방을
꿈꿉니다. 둥근 마음을 꿈꿉니다.

—『그의 집은 둥글다』(1995, 문학과지성사)

마음은 먼지서림

내 발은 허공에 떠 있습니다.
마음은 먼지처럼 떠다니고
몸도, 방도, 집도 흔들리고 있습니다.
안 보이지만 느껴지던 그가
기다림과 그리움의 저쪽 하늘 깊이
다시 숨어 버렸습니다.
이 눈물겨운 지상에서 마음은
또다시 정처가 없습니다. 바람처럼
집도, 방도, 몸도 허공에 떠 있습니다.
애타게 불러 보아도 그는
뜬구름 저켠, 둥근 집에 있습니다.

—『꿈속의 사닥다리』(1993, 문학과지성사)

마음아, 너는 또

마음아 너는 또
허공에 청기와집을 짓고 있니? 또
지었다 허물고, 허물었다 다시 세운 집에서
서성이고 있니. 허물고 있니?
지산동에서 법물동으로. 산길을 걸어
진밭골로, 용지봉을 넘어
내리막길로…… 너는 왜, 또
그 반대쪽 길로 접어들고 있니?
주머니에 빈손 구겨 넣고, 어깨 떨어뜨리고
막막하게, 마음아, 너는 어찌해
몽매에도 그리던 그도 잊어버린 채,
닳고 구겨져 떠돌고 있니?
땅거미 내리는 길모퉁이에
뒹구는 돌멩이, 허공에 던져져 기우는
손톱달처럼, 마음아. 또 너는 왜? 왜……

—『꿈속의 사닥다리』(1993, 문학과지성사)

하지만 나는 나시

문을 닫는다. 안으로 빗장 지르고
유리창엔 커튼을 드리운다.
네모난 방에 몸을 가두고, 목마르게
그를 기다리던 마음마저 내려놓는다.

뚜벅뚜벅 벽이 걸어온다. 앉아 있으면,
—그는 저만큼 걸어가고
누우면 천장이 가슴을 짓누른다.
—그는 까마득하고
방바닥은 엎드릴 때 솟아오른다.
—그는 다시 신의 마을 가까이 집을 짓고,

내가 끌고 온 그림자와 길들,
그 길 위에 드러누운 내 발자국들도
방안 가득 붐비고 있다. 덧없이
그를 찾아 떠돈 나날들…… 하지만
이윽고 나는 오직 마음 하나로

문 여는 시늉을 한다. 빗장을 풀고 유리창의
커튼 젖히는 시늉을 한다. 네모난 방의
벽들을 밀면서, 머나먼 그를 찾아나서는
외길을 마음속에 나직나직 불러들이면서.

—『꿈속의 사닥다리』(1993, 문학과지성사)

마음의 집 한 채

집 한 채를 짓는다. 한밤 내
밀려오는 잠을 천장으로 떠밀며
마음의 야트막한 언덕, 고즈넉한 숲속에
나지막한 토담집 하나 빚어 앉힌다.

이따금 무거운 마음 풀어 내리던
청솔 푸른 그늘.
언제나 그늘 드리워 주던 그 나무들로
기둥도 서까래도 만들어 둥근 지붕의
집을 세운다. 달빛과 별빛,
서늘한 바람 몇 가닥 엮어
새소리 풀벌레 소리도 섞어
벽과 천장, 방바닥을 만든다.

마음의 야트막한 언덕, 고즈넉한 숲속에
나지막이 앉아 있는 토담집 하나,

풀잎에 맺힌 이슬처럼 깨어 있을
마음의 집 한 채 가만가만 끌어안는다.

—『그의 집은 둥글다』(1995, 문학과지성사)

송야천

물은 길을 만들며 간다.
소나무 사이 어둠 깃들이고
깃들일 곳 없는 마음, 송야천에 이른다.
까치도 멧새들도 둥지에 들고
산마루에 둥그렇게 걸리는 달,
흐르는 물 위에는 별빛이 흩어진다.
불빛 유난히 따스한 마을을 등 뒤에 둔
제방의 늙은 느티나무와 떡버들들, 그 옆의
바위들도 슬그머니 마음 붙든다.
불현듯 솔숲이 환해진다.

송야천의 소나무들은 언제나
제자리에서 밤을 끌어안는다. 어둠을
어둠으로만 두지 않고 끌어안는다.
밤하늘의 달이나 별들을 올려다보면서도
물 위에 뜬 달, 물 위에 도는
별들을 내려다본다.

이슥한 밤, 다시 찾은 송야천,
길을 만들며 가는 물과
하염없이 제자리에서 꿈꾸는 소나무들이
새벽을, 눈부신 햇발을, 끌어당긴다.
나는 바람처럼 그 속에 스며들어
투명한 아침, 가고 싶은 길을 꿈꾼다.

─『안동 시편』(1997, 문학과지성사)

조라교鳥羅橋

바람이 나뭇잎 사이에서 일어나
야트막한 산으로 간다. 새들은 일제히
파닥거리는 햇볕 속으로 들어간다.
금빛 실오라기를 타고
하늘로 날아오른다.

조라교는 새의 발톱만큼 작아진다.
햇볕 속으로 들어간 새들도
보이지 않는다. 나뭇잎들이 하나둘
땅으로 떨어지는 동안, 불현듯
금빛 비단실이 새들을 엮어 내려온다.

숲이 일렁거리고, 조라교는 나직하게
송야천의 가느다란 물길 위에 걸린다.
비단실 털어내며 새들은 남은 나뭇잎 사이로
숨는다. 조라교는 제 모습 그대로
새소리의 비단 자락에 감싸인다.

하늘의 비단실과 새소리에 젖어 꿈꾸는
한 여자가 챙 없는 모자를 쓰고 지나간다.
그 뒤를 따라 아이들이 깔깔대며 뛰놀다가
양지바른 쪽으로 돌아간다. 조라교의 새소리를
한아름씩 안고 종종걸음으로 멀어진다.

—『안동 시편』(1997, 문학과지성사)

사익조四翼鳥, 또는 천등산에서

멧새 한 마리 붉은 댕기 매고
굴참나무 숲으로 날아간다.
햇살 몇 가닥 부리에 물고 숲 그늘로 날아든다.
천등산 봉정사 입구 산자락 마을
낮은 굴뚝들이 이른 저녁밥 짓는 연기 흘리고
늙은 감나무 가제에는 까치밥이 몇 개
남은 햇살을 끌어당기고 있다.

눈 감고 멈춰 서면 이상도 해라. 간밤 꿈속의
그 낯선 새가 봉정사 뒤 천등산 위로
날고 있다. 긴 꼬리 몸 쪽으로 둥글게 말고
황금빛 머리, 네 개의 날개로 아득히 떠 있다.
바람과 이슬만 먹고 살면서
사시사철 하늘에만 떠 있다는,
발이 없어 나뭇가지에 내리지 못하고
죽어서야 땅에 떨어진다는 그 새가
잠자면서도 하염없이 날개를 퍼덕이고 있다.

눈을 뜨면, 땅거미 사이로
어느 책에서 본 듯도 한
네 날개의 그 새는 가뭇없이 사라지고
붉은 댕기의 그 멧새도 자취가 없다.
마을을 지나, 어둑한 굴참나무 숲을 지나
목어 울음 이어지는 봉정사 가는 길,
마음은 또 젖은 북소리 울리고 있다.

─『안동 시편』(1997, 문학과지성사)

하회마을

물위에 연꽃 한 송이 떠 있네.
물속이나 물 바깥에선 시들어 버리는
꽃봉오리, 찬연히 피고 지네.
그 옛날 허씨 터전은 물 바깥 산자락,
안씨 문전은 물길보다 낮은 벌판이라
연화부수蓮花浮水 한가운데의
물도리동에서 밀려나고 말았네.
하회탈 빚어 남긴 허씨 터전은
산 너머 밀리고, 피 천 석의
안씨 문전도 물 아래로 밀려났네.
물위에 뜬 연꽃 위의 물도리동은
풍산 류씨 배판, 연꽃 위에 연꽃들 피워
명당 현국을 비보裨補 또 비보했네.
걸출한 인물들 따라, 연꽃을 보듬으면서
물길은 산태극 물태극 굽이 흐르네.
만송정 솔바람 소리 서늘하고, 부용대 위
푸른 허공은 바라볼수록 아득하네.

　　—『안동 시편』(1997, 문학과지성사)

74

도산서당

그윽하고 바른 마음 기리며
유정문幽貞門 들어서다
금성옥진金聲玉振 넘쳐나던
완락재玩樂齋 앞에서 넋을 잃다
생각 무겁고 눈앞은 흐려
바위에 기대어 앉듯 낮게, 낮게
암서헌岩栖軒에서 조아리다
앞마당의 작은 정우당淨友塘
진흙에 피어오른 연꽃들 바라보며
마음의 때를 조금씩 벗겨 내다
연못 동쪽 산언저리에 자리잡은
몽천蒙泉을 슬며시 들여다보다
홍매화 대나무 소나무 어우러진
절우사節友社에서 느긋하게
마음 내려놓으며 서성거리다

—『안동 시편』(1997, 문학과지성사)

조탑리 외딴 오두막집

조탑리 외딴 오두막집에는 오도카니 마음의 탑 쌓아 올리는 외톨이 권정생*이 살고 있다. 이 먼지바람 부는 지상에서 온갖 먼지 떨구어 내며, 외따로, 이 마을 들머리의 전탑처럼 고고하게 동신 일궈 갈고 닦는 홀아비가 살고 있다.

바람 불고 비 내려도, 눈발이 흩뿌려도, 그는 오로지 맑은 마음밭을 일궈 가꾼다. 오랜 지병 앓으면서도 홀로 아픔을 넘어, 슬프도록 아름다운 동화보다도 동화 같은 나라를 꿈꾸며 오솔길을 튼다. 밤낮 그 길을 홀로 걸어간다.

낡은 책으로 둘러싸인 비좁은 방에서 그는 이마와 가슴에 불을 켠다. 이 세상의 몇 됫박 소금으로, 손길이 남달리 따스한 이웃으로, 마음의 탑을 지성으로 쌓고 쌓으며, 저토록 푸른 불을 가슴마다 매달아 준다. 붉 밝혀 준다.

조탑리, 외딴집 반지르르한 섬돌에 놓인 그의 검정 고무신과 동화 『강아지 똥』에도 햇살들이 눈부시게 그를 찾는다. 한 많은 『몽실 언니』, 그 서늘한 마음 헤아려 가는 하오 한 때, 봄 아지랑이가 양지바른 뜨락 가득 붐비고 있다.

*동화작가

―『안동 시편』(1997, 문학과지성사)

그 무엇, 또는 물에 대하여

1

허공이 우주를 끌어안고 있듯이
그 무엇이 나를 떠받들고 있다.
무거운 땅덩어리가 허공에 달려 있듯이
내가 알 수 없는 그 무엇에 매달려 있다.
허공은 부드럽고, 그 무엇은 모양도 없지만
완강하게 나를 부둥켜 안고 있다.

우주가 모양도 없는 저 허공 안에 있듯이
나는 안 보이는 그 무엇 안에 들어 있다.
허공은 비어 있으므로 이 땅을 들어 올리듯이
그 무엇이 나를 일으켜 앉히거나 세운다.
그 무엇은 안 보이고 허공은 비어 있으므로
나를 이토록 깊숙이 품어 앓게 한다.

2

물이 마침내 쇠를 삭게 하고, 물방울이

한결같이 떨어져 돌을 뚫듯이, 나는 물이 되고
물방울이 되어 돌을 뚫고 쇠를 녹이리.
낮고 부드럽게 비어 있는 그 무엇이
마음을 가득 채우듯이, 비어 있지만
뭔가 가득 채워져 있는 허공이
나를 흔들어 눈뜨게 하고, 다시 일으켜 세우듯이,
일어나 바라보면 아득한 세상, 아득하므로
걷고 또 걷게 하는 세상이 눈물겨워
쇠를 녹이고 돌을 뚫으리. 나는 물방울이 되고
물이 되어 천천히, 오래오래
부드럽게, 낮게, 비워지고, 또 비워져서.

—『내 마음의 풍란』(1999, 문학과지성사)

물, 또는 젖은 꿈

흐르면서 깊어진다. 물은, 지나온 길 지우며
푸르고 맑아진다. 마음 끼얹어도,
물길 따라 내려가 보아도, 나는 푸르게
깊어지지 않는다. 맑아지지 않는다.

흘러흘러 여기까지 왔지만, 더듬어 가는 길,
하늘마저 무겁게 흔들린다. 길은 안 보이고
물을 아래로 아래로 흐른다.
해가 기운다. 별이 뜨고 달이 간다.
물 위에 써 보는 내 이름, 물 아래 지은
내 마음의 집, 모든 방들이 흔들린다.
어두워지다 지워진다. 하지만 물은 흐르면서
더욱 깊어진다. 모든 길들을 지우며
푸르고 맑아진다. 나는 서럽도록 들여다본다.
물 아래 다시 집을 짓고. 그 안쪽 방에 창을 낸다.

풋풋하게 눈뜨는 말들을 기다린다.

별빛 흩어지는 물 아래 풍경 소리 아득하고
불현듯 탑 하나 솟는다. 내 마음도, 발바닥도
하늘의 옥빛 속에 들어 젖은 꿈을 꾼다.

—『내 마음의 풍란』(1999, 문학과지성사)

슬픈 우화 3

사마귀에게 덤비는 여치는
사마귀의 밥이 된다. 까치에게 덤비는
풀무치는 까치의 먹이가 된다.

나는 이즈음 끝이 안 보이는
이 길의 먼지나 티끌, 다른 티끌과
먼지의 밥이 되고 있는 걸까. 가도 가도

허공에 뜨는 발, 어둠에 먹히는 죽,
나는 안개 자욱한 이 세상 길들의
죽그릇이 돼 버리는 걸까. 정말 그런 걸까.

간밤 꿈속에서도 여치는 사마귀에게 덤비고,
풀무치는 까치들에게 덤비고, 나는
길들의 죽그릇이 돼 있었고……

—『내 마음의 풍란』(1999, 문학과지성사)

생각은 물방울처럼

어두운 생각 흔들어 가라앉히며
산길에 든다. 나무와 바위,
키 작은 풀들도 제자리에 놓여 있다.
세상은 뒤죽박죽 돌아가지만
멧새들은 숲속에서 제 소리로 지저귀고
구름은 한가로이 나뭇가지에 걸려 있다.
산골짜기를 적시는 물소리에 두 귀 씻고
꿈속에서 나지막이 그가 말했듯이
비우면 다시 차오르는지, 생각은 이윽고
투명하고 둥근 물방울처럼 글썽인다.
뒤죽박죽 돌아가는 세상도
이쯤에서는 잠시 까마득해진다.

—『내 마음의 풍란』(1999, 문학과지성사)

느낌의 저쪽에는

낯익은 길을 걷는다. 그런데도 이 길은
점점 더 낯설다. 캄캄하다는 생각이나
그 끝이 안 보인다는 느낌과 마주칠 때는

멈춰 섰다 다시 걷는다. 밑도 끝도 없이
나뭇가지를 흔드는 바람, 나부끼는 잎새들

비 내리고, 그 줄기를 타고 오르던 나는
빗소리에 스며든다. 젖으면 젖을수록
허공에 뜨는 마음, 붙잡아도 이지러진다.

저 가혹한 내 마음의 풍란 한 포기
허공에 발 뻗는, 이 세기말의 길 위에서

길을 잃고, 낯익은 길들마저 더욱 낯선데
느낌의 저쪽에는 끌어안고 싶은 새 길들이
제 먼저 어느덧 까마득하게 달리고 있다.

—『내 마음의 풍란』(1999, 문학과지성사)

새에게

새야 너는 좋겠네. 길 없는 길이 많아서,
새 길을 닦거나 포장을 하지 않아도,
가다가 서다가 하지 않아도 되니, 정말 좋겠네.
높이 날아오를 때만 잠시 하늘을 빌렸다가
되돌려주기만 하면 되니까, 정말 좋겠네.
길 위에서 자주자주 길을 잃고, 길이 있어도
갈 수 없는 길이 너무나 많은 길 위에서
나는 철없이 꿈길을 가는 아이처럼
옥빛 하늘 멀리 날아오르는 네가 부럽네.
길 없는 길이 너무 많은 네가 정말 부럽네.

—『내 마음의 풍란』(1999, 문학과지성사)

다시 낮에 꾸는 꿈

1

물방울 속으로 들어간다.
이윽고 투명해지는 말들.

물방울 안에서 바라보면, 길들이 되돌아와
구겨진다. 발바닥 부르트도록 걷던
그 길들 너머 또 다른 길이 열린다.

알 듯도 모를 듯도 한 나날들. 아득한 곳에서
둥글게 그가 미소를 머금고 서 있다.

그렇게도 꿈꿔 왔던 투명한 말들이
비로소 물방울 되어 글썽인다.
햇살은 그 위에 뒹굴다 굴러 떨어진다.

글썽이며 나는 자꾸만
남은 햇살을 끌어당긴다.

2

집을 짓는다. 남루한 세월이지만
마음만은 늘 푸른 하늘 자락을 끌어안는다.
새들이 어디론가 아득하게 날아가고
돌아올 것 같지도 않지만, 마음은 제 홀로
해종일 두리기둥을 만든다. 서까래들을 다듬고,
흙일도 하고, 방을 꾸며 도배를 한다.
사랑채도 짓는다.

자그마한 창틀로 뛰어내리는 햇살,
마음은 벌써 뒷마당을 한 바퀴 휘돌아
눈길을 멀리 창밖에 던져 놓고 있다.
다시 그는 기척도 없지만, 어느새 걸어왔는지,
앞산이 우두커니 앞마당에 서 있다.
해종일 걸어온 낯익은 길들도 문득 낯설어지고
나뭇잎들이 자꾸만 땅 위에 내리고 있다.

—『이슬방울 또는 얼음꽃』(2004, 문학과지성사)

꿈길, 어느 한낮의

꿈길에서 밀려난다. 눈을 뜨고 싶지 않다.
잠시 꿈속에서 만났던 그를 부르며
그대로 걸어간다. 몽매에도 그리던 그가
웬일인지, 한낮인데도 불 하나 밝혀 들고
저만큼 가고 있다. 뒤따라가며 불러도
뒤돌아보지 않는다. 지금 여기에서
산발치를 휘돌아 아득히 멀어진다.

붐비는 젖빛 저잣거리,
인간들 틈에서 다시 나는 작아지고
작아진다. 마침내 희미해진다. 티끌처럼
잘 보이지도 않는다. 그럴 무렵, 불현듯
느린 걸음으로 그가 되돌아온다.
잰걸음으로 내가 뛰어간다. 팔을 뻗는다.
안 깨고 싶은 이 한낮의 꿈길, 환해지는 한순간.

또다시 꿈밖으로 떠밀린다. 한사코

눈을 뜨지 않는다. 이윽고 둥글게
가물거리는 길…… 하지만 눈 뜨면 거짓말같이
그는 가뭇없다. 이 아수라장에서 나는
비틀거릴 수밖에 없겠지만, 낮달처럼
어쩔 수 없이 사위어 가며
빈 하늘에 떠 있는 나를 바라보면서…….

—『이슬방울 또는 얼음꽃』(2004, 문학과지성사)

이슬방울

풀잎에 맺혀 글썽이는 이슬방울
위에 뛰어내리는 햇살
위에 포개어지는 새소리, 위에
아득한 허공.

그 아래 구겨지는 구름 몇 조각
아래 몸을 비트는 소나무들
아래 무덤덤 앉아 있는 바위, 아래
자꾸만 작아지는 나.

허공에 떠도는 구름과
소나무 가지에 매달리는 새소리,
햇살들이 곤두박질하는 바위 위 풀잎에
내가 글썽이며 맺혀 있는 이슬방울.

—『이슬방울 또는 얼음꽃』(2004, 문학과지성사)

앞산이 걸어온다
—길 위의 꿈 5

앞산이 걸어온다.
마냥 그대로 나는 서 있는데
미동도 없이 앉아 있던 앞산이 문득
뚜벅뚜벅 다가온다. 뒤돌아보면
웬일인지. 뒷산도 신발을 벗은 채
느릿느릿 걸어온다. 양말도 안 신고
발소리조차 없이
저만큼 가까이 다가온다.

이즈음 집에서도 밖에서도
주눅들고 구겨지기만 하는데
너무 구겨져 펴질 참이라서 그런지,
봉인되거나 팽개쳐져 있는 희망을
풀어 주고 다시 안겨 주기라도 하려는지,
알다가도 모를 듯, 모르다가도 알 듯,
앞산도 뒷산도 다가온다. 눈 감으면
더욱 가까이 걸어온다.

—『이슬방울 또는 얼음꽃』(2004, 문학과지성사)

새였으면 좋겠어

새였으면 좋겠어. 지금의 내가 아니라
전생의 내가 아니라, 길짐승이 아니라
옥빛 하늘 아득히 날개를 퍼덕이는,
마음 가는 데로 날아오르고 내리는

새였으면 좋겠어. 때가 되면 잎을 내밀고
꽃을 터뜨리지만, 제자리에만 서 있는
나무가 아니라. 풀이 아니라. 걸을 수는 있지만
날지 못하는 지금의 내가 아니라. 몸에도
마음에도 퍼덕이는 날개를 달고 있는

새였으면 좋겠어. 그런 한 마리 새가 되어
이쪽도 없고 저쪽도 없는, 동도 서도 없이
저쪽이 이쪽이 되고, 북쪽이 남쪽이 되는
그런 세상을 한없이 드나들고 오르내리는

나는 하염없이 꿈꾸는 풀, 아니면 나무

아니면, 길짐승이나 전생의 나, 아니면
지금의 나도 아니라, 새였으면 좋겠어.
언제까지나 아득한 허공에 날개를 퍼덕이는,

—『이슬방울 또는 얼음꽃』(2004, 문학과지성사)

얼음꽃

빈 나뭇가지에 맺힌 얼음꽃들이
이른 아침 햇살을 받고 있다.

잠을 털고 막 뛰어내리는 햇발 사이로
새들이 퍼덕이며 새 실을 트고 있다.

내 마음도 덩달아 날갯짓하다가
차고 투명하게
얼음꽃에 매달려 맺히고 있다.

간밤엔 잠이 오지 않아 뒤척였는데
천장에 올라붙은 잠이 되레 사날이 되도록
나를 내려다보고 있는데

오늘 아침, 마을을 벗어나 눈길은
탱글탱글한 용수철 같다. 낮은 하늘에
포물선을 그리는 새의 흰 깃털 같다.

마을로 다시 돌아오는 동안에도
새들은 허공에 둥근 길을 트고 있다.
얼음꽃들이 눈부시게 햇살을 받아 되쏘고
내 마음도 거기 매달려 글썽이고 있다.

—『이슬방울 또는 얼음꽃』(2004, 문학과지성사)

회화나무 그늘

길을 달리다가, 어디로 가려 하기보다 그저 길을 따라 자동차로 달리다가, 낯선 산자락 마을 어귀에 멈춰 섰다. 그 순간, 내가 달려온 길들이 거꾸로 돌아가려 하자 늙은 회화나무 한 그루가 그 길을 붙들고 서서 내려다보고 있다.

한 백 년 정도는 그랬을까. 마을 초입의 회화나무는 언제나 제자리에서 오가는 길들을 끌어안고 있었는지 모른다. 세월 따라 사람들은 이 마을을 떠나기도 하고 돌아오기도 했으며, 나처럼 뜬금없이 머뭇거리기도 했으련만, 두텁기 그지없는 회화나무 그늘.

그 그늘에 깃들어 바라보면 여름에서 가을로 건너가며 펄럭이는 바람의 옷자락. 갈 곳 잃은 마음은 그 위에 실릴 뿐, 눈앞이 자꾸만 흐리다. 이젠 어디로 가야 할는지, 이름 모를 새들은 뭐라고 채근하듯 지저귀지만 도무지 알아들을 수 없다.

여태 먼 길을 떠돌았으나 내가 걷거나 달려온 길들이 길 밖으로 쓰러져 뒹군다. 다시 가야 할 길도 저 회화나무가 품고 있는지, 이내 놓아 줄 건지. 하늘을 끌어당기며 허공 향해 묵묵부답 서 있는 그 그늘 아래 내 몸도 마음도 붙잡혀 있다.

—『회화나무 그늘』(2008, 문학과지성사)

나의 쳇바퀴 2

쳇바퀴가 돈다. 내가 돌리는
이 쳇바퀴는 잘도 돌아가지만
돌고 돌아도 제자리다. 이른 아침부터
돌리고, 자정 넘어서도 빌빌거리지만
헛바퀴다. 도대체 무얼 돌렸는지,

왜 돌리고 있는지. 여전히
안갯속, 어쩔 수 없는 미궁이다.
해가 지고, 달과 별들이 떴다가 조는 사이
동이 트고, 해가 떴다. 강물은 엎드려
아래로 가며 햇살을 등 뒤로 받았다.

그저께는 쳇바퀴를 빨리 돌리다가
안 돌리느니만 못했고, 오늘은
새벽까지 빌빌대다 그 바퀴에 쓰러진 채
벼랑에서 떨어졌다. 깊이 모를 허공에
매달리고, 먼지처럼 떠돌았다. 이제야

간신히 꿈에서 깨어나도, 세상은
거꾸로 가고 있는지, 물구나무서 있는지,
종잡을 수가 없다. 아마도
내가 쳇바퀴를 돌리는 게 아니라
쳇바퀴가 나를 돌리고 있는 모양이다.

ㅡ『회화나무 그늘』(2008, 문학과지성사)

유등 연지

1

한여름, 마음이 먼저 간 뒤
발길도 슬며시 따라가 닿는 유등 연지
비 그친 오후 한때
어깨 부딪히는 초록 저희 우산들 사이
연꽃들 환하다. 무더기로 환하다.
왜가리 떼 날아내려 긴 부리 세우고
물 밑을 쪼아 대는 동안에도
아랑곳하지 않고 온몸으로 밀어 올리는
불길, 불꽃들. 진흙물 위를 밝히는
연등들은 그러므로 그윽하게 아프다.
햇살 뛰어내릴 때보다
해거름에 다가갈수록 환해진다.
그 아픈 언저리, 왜가리도, 내 마음도
마냥 붙박이가 되고 있다.
등 뒤에는 누군가의 아득한 독경 소리,
허공을 흔들고, 연꽃잎을 흔든다.

2
등 떠밀려 다시 깃든 유등 연지,
안 보이는 연꽃들이 그윽하다.
한겨울인데도 그렇게 느껴진다.
저 무수한 꽃잎들, 환히 불 밝히던
지난여름 그 등들이 눈부시다.

어두워질수록 더 환해지는 그 언저리,
이름 모를 새들이 그 빛들을 받들어
내 마음 저 캄캄한 골짜기까지
몇 가닥씩 물어 나른다. 눈 감으면

지난여름 그 한때가 어김없이
그대로다. 이 환한 아픔, 오랜만의 꿈길,
안 보이므로 되레 보이는 그때
그 연꽃들이 발길 붙들고
내 마음 빈자리를 움켜잡는다.

— 『회화나무 그늘』(2008, 문학과지성사)

하관下棺
—목월 선생께

아우 먼저 보내고, 관에 흙을 뿌리며
선생님처럼 '좌르르 하직'했습니다. 아우는
눈감으면서도 그랬듯이 아무 말 않고
말을 다 잃은 나는 아무도 안 보이는 데서
얼마나 서럽게 울었는지요. 울고 있는지요.
봄날인데도, 선생님 말씀대로
'여기는 눈과 비가 오는 세상'입니다.
모든 게 무너지는 세상입니다.
왜 그렇게 떠나야 했는지, 아우는
여기에서의 그 빼어남 펴다 말고
모두 팽개쳐 버리면서
형님! 하는 목소리 한 번 들려 주지 않고,
처자식은 도대체 어쩌라는 건지. 불현듯
'초월적 지상'을 '지상적 초월'*로
바꿔 버렸습니다. 선생님, 아프게도
'다만 여기는 / 열매가 떨어지면 / 툭 하는

104

소리가 들리는 세상'입니다.

내가 툭 떨어져 흔들리는, 그런 세상입니다.

* '초월적 지상과 지상적 초월'은 아우(이경수)의 서울대 영문학 박사 논문 제목.

―『회화나무 그늘』(2008, 문학과지성사)

모자母子 별
—아우에게 3

오늘밤엔 네 탕계통신蕩界通信 받고
별 하나 새로 보이더군. 우리 집 앞
산수유나무 가지, 노란 꽃잎들 사이로
보이는 게 분명 네 별이었어.
너의 말대로 탕탕심무착蕩蕩心無着 광년,
그 속으로 들러붙음 없이 서—얼설 기어다니는
별, 내 젖은 눈엔 무심과 무욕의 저 반짝임.
대구 범물동 용지봉 위 먼 하늘에서
네 별 곁까지 다가와 나직나직 속삭이시는
어머니 별, 하나 되듯 안녕히 반짝이며
내 눈시울 더 젖게 하는 저 모자 별.

—『회화나무 그늘』(2008, 문학과지성사)

손톱달

땅거미 내려 해 지고도 그 한참 뒤
어떤 소녀가 저리 튕겨 올려놓았을까
밤하늘의 저 예쁜 손톱 조각 하나

잎새 내밀고 있는 나무 사이로 바라보면
칠흑 치마폭에 잘 깎아 던져 놓은 듯한,
그 언저리엔 흩어져 앉아 조는 별들

술 거나해진 미당*이 소녀 손 만지작
만지작 침이 마르도록 예쁘다던
바로 그 긴 손톱 끝 부분 같은,

새치름하게, 그보다는 새콤달콤
마음 흔드는 까닭까지 알게 해주는,
꽃들 아릿아릿한 봄밤의 저 조각달

*시인 서정주의 호.

—『회화나무 그늘』(2008, 문학과지성사)

먼 불빛

왜 이토록이나 떠돌고 헛돌았지
남은 거라고는 바람과 먼지

저물기 전에 또 어디로 가야 하지
등 떠미는 저 먼지와 바람

차마 못 버려서 지고 있는 이 짐과
허공의 빈 메아리

그래도 지워질 듯 지워지지 않는
무명無明 속 먼 불빛 한 가닥

—『회화나무 그늘』(2008, 문학과지성사)

108

달빛

깊은 밤, 달빛이 나를 어디론가 끌고 간다
멀리 따스하게 깜빡이는
불빛 몇 점,
하지만 아직은 저 마을로 돌아가고 싶지 않다

언젠가 잠속에 깊이 빠져 있었을 때,
침실로 다시 돌아와 보면
꿈속의 풍경들이 까마득하게 지워져 있듯,

언젠가 마음 아파 그 아픔이 하염없었을 때,
내 생애가 다만 하나의 점으로 떠서
작아질 대로 작아진 한 톨 불씨가 되어 있듯,

내 마음은 여전히 적멸궁寂滅宮이다
깊은 밤, 달빛에 젖고 또 젖어 걸으면
몇 점, 마을의 저 따스한 불빛이
차라리 아프다. 환하게 아픈 그림 같다

—『침묵의 푸른 이랑』(2012, 민음사)

달빛 속의 벽오동

달빛이 침묵의 비단결 같다
우두커니 서 있는 벽오동나무 한 그루,
그 비단결에 감싸인 채
제 발치를 물끄러미 내려다보고 있다
깊은 침묵에 빠져들어
마지막으로 지는 잎사귀들을 들여다보고 있다

벗을 것 다 벗은 저 늙은 벽오동나무는
마치 먼 세상의 성자, 오로지
침묵으로 환해지는 성자 같다
말 없는 말들을 채우고 다지고 지우는 저 나무,
밤 이슥토록 달빛 비단옷 입고
이쪽을 그윽하게 바라보고 있다

오랜 세월 봉황 품어 보려는 꿈을 꿨는지,
그 이루지 못한 꿈속에 들어 버렸는지,
제 몸을 다 내려놓으려는 자세로 서 있다

달빛 비단자락 가득히
비단결 같은 가야금 소리, 거문고 소리,
침묵 너머 깊숙이 머금고 있다

—『침묵의 푸른 이랑』(2012, 민음사)

구름 한 채

구름 한 채 허공에 떠 있다
떠 있는 게 아니라 거기 단단히 붙들려 있다
한참 올려다봐도 그 자리에 그대로다
풀 것 다 풀어놓고 클 태太 자로 드러누워
꿈속에 든 건지, 미동조차 없다

아무리 끌어당겨도 아득한
내 마음의 다락방이 유독 큰 저 집,
눈을 감았다 떠 보면
새들이 불현듯 까마득하게 날아올라
허공을 뚫고 있다
구름을 날카로운 부리로 마구 쪼아 댄다

그분은 이 한낮에도 캄캄한 마음
다듬이로 두드려 구김살 펴 주고
주름들을 다림질해 준다
나도 모르는 허물들마저 하나씩 지우면서

그중 유별나게 깊이 파인 영혼의 골을 메운다
궁릉 같은 골에 날개를 달아 준다

하지만 내가 여전히 움직이지 못하는 사이
구름 한 채 무참하게 이지러진다
며칠째 두문불출, 내가 구들장을 지고 있는
우리 집, 창 앞까지 낯익은 새들이 날아든다
아무 일도 없었던 것처럼
새들은 저희끼리 목청을 가다듬고 있다

―『침묵의 푸른 이랑』(2012, 민음사)

우울한 몽상

*

나를 따라오던 길이 툭, 끊어집니다
건널목 앞에 이르자 느닷없는 회오리바람,
몇 가닥 구불구불한 길이
허공 깊숙이 빨려 들어가다 이지러집니다

건널목을 막 지나자 불현듯
앞에서 나를 끌어당겨 주던 길들마저
가뭇없이 사라져 버립니다
— 내가 어디로 가고 있었지⋯⋯

유리알 같이 차갑고 투명한 하늘,
새들의 길은 곧바로 흔적 없이 지워집니다
뒤돌아보면 건널목 한가운데
구름 그림자 하나 가만히 멈춰 서 있습니다

**

내가 내 안으로 걸어 들어갑니다

들어갈수록 캄캄한 바다

수평선 저쪽의 집어등과 포구의 등대 사이,
파도와 또 다른 파도 사이의
바람 소리

먼 바다에 켜진 불빛과 포구에서 뱃길을 지키는
불빛 사이, 나와 내 안의 나 사이의
파도 소리

하늘엔 별들이 촘촘하게 돋아납니다

내 안에서 내가 다시 걸어 나옵니다

—『침묵의 푸른 이랑』(2012, 민음사)

꿈속의 집 1

내 마음의 집은 저 허공에 있는가 봅니다
옥빛 지붕 아래 둥글고 포근한 방,
슬며시 거기 깃들어
그와 함께 다디단 잠속에 빠져듭니다
이 얼마나 기다려 오던 꿈이었는지요

그런가 했는데, 어느새 내려왔는지
집 전체가 강물 속입니다
깊고 푸른 방은 부드럽고 그윽합니다
녹록하고 따스하게 번져 흐르는 불빛,

그 불빛 지그시 끌어당기는 동안
이게 웬일입니까
이번엔 그 집이 강가 산발치의 키 큰 은사시나무,
그 꼭대기에서 조그맣게 흔들리고 있습니다

그것도 잠깐 사이, 강물 속으로 미끄러졌다가는

또 은사시나무 가지 끝, 까치둥지 옆입니다
눈부신 햇살을 부리에 가득 물고
비상하는 저 새 떼들,

새들보다 한참 느리게 허공에 다시 떠오릅니다
아득하게 떠올라서는 안 보이다 보이다 하는
꿈속의 나의 집
부질없는 마음에 부질없이 어른거리는
바람 소리, 새소리, 물소리

—『침묵의 푸른 이랑』(2012, 민음사)

눈, 눈, 눈

눈길을 나서다가 눈부셔 눈 감고 멈춰 서네

눈을 감아도 눈부신 눈은
내 마음 깊은 골짜기에도 자욱이 쌓여
눈뜰 수 없고, 눈을 뜰 수도 없네

눈 감고 눈떠 보려고 헤맸으나
밤이 가고 날이 밝아도 캄캄하기는 매한가지,
눈떠 보려는 안간힘으로 눈을 감고 있었으나
눈부신 눈이 펑펑 쏟아져 내려
어지러운 세상 눈부시게 덮고 있길래,
이내 햇살 눈부시게 쏟아져 내리길래,
눈뜨고 눈길을 나서 보려 했는데
눈 감을 수밖에 없는 이 눈부심, 이 캄캄함,
눈을 감아도 떠도 눈뜰 수가 없어
무거워지는 마음 자꾸만 뒤집어 보지만
내 눈도, 쌓인 눈도, 내 마음의 눈도

어질어질 무겁고 캄캄해질 뿐인 이 한때

눈길을 나서다 멈춰 서서
눈을 감고도, 애써 눈 뜨고도 여전히
눈뜨지 못하는 이 질기고 질긴 무명無明이여

눈부시되 캄캄하고 아득한 이 세상길이여

— 『침묵의 푸른 이랑』(2012, 민음사)

풍경風磬

바람은 풍경을 흔들어 댑니다
풍경 소리는 하늘 아래 퍼져 나갑니다

그 소리의 의미를 알지 못하는 나는
그 속마음의 그윽한 적막을 알 리 없습니다

바람은 끊임없이 나를 흔듭니다
흔들릴수록 자꾸만 어두워져 버립니다

어둡고 아플수록 풍경은
맑고 밝은 소리를 길어 나릅니다

비워도 비워 내도 채워지는 나는
아픔과 어둠에서 자유로울 수 없습니다

어두워질수록 명징하게 울리는 풍경은
아마도 모든 걸 다 비워 내서 그런가 봅니다

—『침묵의 푸른 이랑』(2012, 민음사)

둥근 길

경주 남산 돌부처는 눈이 없다
귀도 코도 입도 없다

천년 바람에 껍데기 다 내주고
천년을 거슬러 되돌아가고 있다
안 보고 안 듣고 안 맡으려 하거나
더 할 말이 없어서가 아니다

천년의 알맹이 쟁여 가기 위해
다시 천년의 새 길을 보듬어 오기 위해
느릿느릿 돌로 되돌아가고 있다
돌 속의 둥근 길을 가고 있다

새 천년을 새롭게 열기 위해
둥글게 돌 속의 길을 가고 있다

—『침묵의 푸른 이랑』(2012, 민음사)

눈〔雪〕

눈은 하늘이 내리는 게 아니라
침묵의 한가운데서 미끄러져 내리는 것 같다
스스로 그 희디흰 결을 따라 땅으로 내려온다
새들이 그 눈부신 살결에
이따금 희디흰 노랫소리를 끼얹는다

신기하게도 새들의 노래는 마치
침묵이 남은 소리들을 흔들어 떨치듯이
함께 빚어 내는 운율 같다
침묵에 바치는 성스러운 기도 소리 같다

사람들이 몇몇 그 풍경 속에 들어
자신도 느끼지 못하는 사이 먼 데를 바라본다
그 시간의 갈라진 틈으로
불쑥 빠져나온 듯한 아이들이 몇몇
눈송이를 뭉쳐 서로에게 던져 대고 있다

하지만 눈에 점령당한 한동안은
사람들의 말도 침묵의 눈으로 뒤덮이는 것 같다
아마도 눈은 눈에 보이는 침묵, 세상도 한동안
그 성스러운 가장자리가 되는 것만 같다

—『침묵의 결』(2014, 문학과지성사)

멧새 한 마리

앞마당의 계수나무 빈 가지에
앉아 있는 멧새 한 마리,
차츰 짙어지는 어둠살 뒤집어쓰며
지저귀기 시작한다
창을 열고 귀 기울이면
새는 어느새 어둠이 아닌 제 노래 속에
몸을 숨기고 있는지, 보이지 않는다
제 둥지를 찾아들기 전에
오늘 하루치의 못다 한 노래를
마지막으로 부르고 있었던 것인지,
계수나무 너머로는
구름에 온몸을 가린 보름달,
별들이 총총 눈 뜨기를 기다리는 동안
멧새는 제 노래 속으로 날아가 버리고,
바람만 느리지만은 않게
빈 나뭇가지를 흔들고 있다

—『침묵의 결』(2014, 문학과지성사)

벚꽃

겨우내 웅크리던 벚나무들이
가지마다 꽃잎을 가득 달고 서 있다
간밤에 침묵이 떨궈 낸
하얀 보푸라기들을 뒤집어쓴 듯
아무 소리도 내지 않고
이른 봄 하늘을 바라보며 서 있다

아무 소리도 들리지 않게 뛰어내리는
햇살들이 그 위에 포개져
더욱 하얗게 빛을 쏘아 대는 벚꽃들

새들은 마치 이 신성한 광경을
나직한 소리로 예찬이라도 하듯이
벚나무 사이를 날며 노래 부르고 있다
하지만 이내 온 길로 하나같이
다시 되돌아가 버리고 말
저 침묵의 눈부신 보푸라기들

―『침묵의 결』(2014, 문학과지성사)

침묵의 벽

침묵의 틈으로 앵초꽃 몇 송이
조심조심 얼굴을 내민다
그 옆에는 반란이라도 하듯
빨간 튤립들이 일제히 꽃잎을 터뜨린다
가까이 다가서듯 솟아 있는
성당 종탑에는
발을 오그린 햇살들이 뛰어내린다

한 중년 남자가 저만큼 간다
헐렁한 모자에 얼굴 깊숙이 파묻은 채
호주머니에 두 손을 찌르고 걸어간다
나는 잃어버린 말, 새 말 들을 더듬으며
유리창 너머 풍경들을 끌어당긴다

침묵은 이내 제 길로 되돌아가고
봄 아침은 또 어김없이
그 닫힌 문 앞에서 말을 잃게 한다

빗장은 요지부동, 안으로 굳게 걸려
문을 두드릴수록 목이 마르다
새 말, 잃어버린 말들은 여전히
침묵의 벽 속에 가부좌 틀고 앉아 있다

—『침묵의 결』(2014, 문학과지성사)

산딸나무

집을 나설 때마다 마주치는 산딸나무,
계절 따라 몇 차례 몸을 바꿔도
느낌은 언제나 그대로다

사람의 아들 예수와 산딸나무 십자가,
그 기막힌 골고다 언덕의 사연 때문일까
귀가 때도 어김없이 나를 굽어 보는 산딸나무

늦봄에 흰 십자가 꽃잎턱에 맺히던 열매는
어느덧 영글어 검붉은 핏빛,
잎사귀들도 붉게 물들었다

산딸나무 꽃은 왜 꽃이 아니고
열매를 받치는 십자가 모양의 꽃잎턱일까
잎도 열매도 때 되면 성혈처럼 붉어지는 걸까

꽃 피우기보다 오직 열매를 받치기 위한

꽃잎, 그 받들어진 열매 빛깔 따라
붉게 타오르다 지고야 마는 잎들

집을 나서거나 돌아올 때마다
나보다 먼저 나를 굽어 보는 산딸나무,
단풍도 열매도 이젠 다 비워 내려 하고 있다

—『침묵의 결』(2014, 문학과지성사)

야상곡夜想曲

깊은 밤, 이름 모를 새들이
창 너머 나뭇가지에 앉아 지저귄다
귀를 가까이 가져가 보면 그 소리는
낮에 못다 부른 노래의 후렴 같다
어둠을 부드럽게 흔들어 깨워
따스한 이불 한 채를 지어 보려는
주문 외는 소리 같다

박자를 맞추기라도 하듯
바람은 나지막이 창유리를 두드린다
어두운 하늘에는 잔별들이 총총,
달빛 실오라기들도 하염없이 흘러내리고
속살 비비대는 나뭇잎들은 저희끼리
무언가 연신 속살거리고 있다

눈 감고 가만히 귀를 모으면
바로 아랫집에서인지, 위층에서인지,

끊이지 않고 흘러나오는 그레고리안 성가의
낮고 깊은 선율, 눈앞에 어른거리는
저 성스러운 빛과 소리의 무늬들,
바람도 새들의 지저귐도
오로지 그 언저리에서 맴도는 것만 같다

—『침묵의 결』(2014, 문학과지성사)

나는 왜 예까지 와서

오다가 보니 낯선 바닷가 솔숲입니다
갯바위에 부딪치는 포말을 내려다보는
해송의 침엽들도, 내 마음도 바다 빛깔입니다

아득한 수평선 위로 날아가는
괭이갈매기 떼,
마음은 자꾸만 날개를 달지만
몸은 솔숲 아래 마냥 그대로 묶여 있습니다

일정한 박자로 솔밭 앞까지 들이치는 파도는
이 뭍의 사람들이 그리워서 그런 걸까요
왔다가 되돌아가면서도 끝없이 밀려옵니다

나는 왜 예까지 와서
괭이갈매기들 따라 날아가고 싶은 걸까요
돌아가야 할 길마저 지우면서
마음만 따로 수평선 저 멀리 가고 있습니다

날 저물어 어둠살 그러안고 앉아 있으면
수평선 위로 돋아 오른 손톱달,
이마 푸른 저 적막,

눈 감아 보면 이 세상일은 죄다
갯바위에 부딪쳐 부서지는 포말입니다
오래된 해송 침엽 같은 내 마음 무늬들도
파도에 실려 밀려왔다가는 이내 쓸려 갑니다.

—『침묵의 결』(2014, 문학과지성사)

말 없는 말들

그에겐 말 없는 말을 듣는 귀가 있다
그런 귀가 없는 나는
그 깊고 높은 말을 제대로 알아듣지 못한다

내가 말하는 건
그가 소리 내어 말을 하지 않기 때문,
내가 입을 다물게 되는 것도
그가 말 없는 말을
소리 없이 하기 때문이다

그의 품에서만 높고 깊은 말로 바뀌는
저 말 없는 말들은
그만 누리는 아득하고 신성한 말의 성찬일까

나의 헐벗은 이 기도는
말 없는 말로 되돌아가는,
그 안 보이는 길 위에서 목마르게 서성이는,

말 없는 말들을
찾아 나서는 안간힘일 뿐,

나의 말은 기도 속 그 환한 말의
언저리 어디쯤에서 가까스로 맴돌기도 하지만
이내 그 말 속에 묻혀 버리고 만다

—『침묵의 결』(2014, 문학과지성사)

겸구緘口

며칠째 아무 말도 하고 싶지 않다
하고 싶은 말들을 애써 누르고 또 누르며
침묵 저 너머의 말들을 기다린다

말은 말들을 부르고
사방연속무늬처럼 퍼져 나가려 하겠지만,
그 틈바구니에 낮게, 아주 낮게 엎드린다

언제 날아 왔는지, 작은 새 몇 마리가
잎이 무성한 나뭇가지에 앉아 조잘거린다
내가 하지 않는 말을 마치 대신이라도 하듯이,

햇살이 이마가 따갑도록 쏟아져 내린다
새들은 쉴 새 없이 나뭇잎에 말을 끼얹고
아이들이 그 그늘에 모여 앉아 종알댄다

한낮의 침묵은 여전히 견고한 담장,

새들의 조잘거림도, 아이들의 종알댐도
그 담장에 부딪쳐 튕겨 나가는 탁구공 같다

입을 굳게 다문 채 말들을 잠재운다
며칠째 견디기 힘든 말들에 시달리면서도
아주 낮게, 더더욱 낮게 마음 조아린다

—『침묵의 결』(2014, 문학과지성사)

오래된 귀목나무

오랜 세월 동안
말들을 침묵 속에 다져 온 것일까
마을 어귀의 저 귀목나무는,
잎사귀들은 마치 그런 말에서 돋아난
침묵의 결과 그 무늬들 같다
신성한 말들만 파랑 치고 있다

아주 오래된 저 귀목나무는
까마득히 오래된 침묵의 한가운데서
느리게 솟아오른 광휘 같다

오로지 말 없는 말에만 귀 열어
깊이깊이 안으로만 쟁이고 되새김질해
그윽한 빛을 뿜어 내는 것 같다
그 그늘에 낮게 깃들인 나는
작아지고 작아지기만 하는,
끝내 허물도 벗지 못하는 애벌레 같다

　　—『침묵의 결』(2014, 문학과지성사)

미시주의, 또는

나는 미시적 거시주의자,
아니, 거시적 미시주의자다
둘 다 맞고 둘 다 틀릴 수 있다
둘 다 틀리고 다 맞을 수도 있다
아니, 맞는 게 틀리고 틀린 게 맞다
날이 가고 달이 가고 해가 가고
날이 오고 달이 오고 해가 오고
다시 오고 가고 다시 오다가 가다가 오고 가고
그 오랜 세월 동안 물방울이나 이슬방울들처럼
풀잎에 맺히듯 글썽이고 싶었다
맑고 투명하게 반짝이고 싶었다
작아지면서도 그 외연을 넓히고 넓혀
이 풍진 세상을 안아 올리고 싶었다
풍진을 다 떨쳐 낸 세상을, 우주를
꿈꾸며 깊이 끌어안고 싶었다
한없이 작아지고 작아지면서
커지고 또 커지고 싶어진다

—『따뜻한 적막』(2016, 문학세계사)

풍경 소리

풍경 소리가 귓전을 두드린다
정처 없이 길을 가다가 듣는 이 소리는
비몽사몽, 나를 흔들어 깨우는 손길 같다

가까이 끌어당길수록 아물거리지만
잊었던 노래의 몇 소절처럼 그윽하다

저녁 한때의 마을과 멀어지는
외딴길 언저리,
어둠살에 묻히는 소나무 등걸에 기대선다
낮달도 서산마루를 막 넘어 가고
별들이 흩어져 앉는 동안
마냥 그대로 붙박인다
갈 길도 가야 할 길도 아예 다 내려놓고 싶다

여전히 어둠을 흔드는 풍경 소리,
마음을 안으로, 안으로 들여보낸다

안 보이는 어떤 부드럽고 커다란 손이
검은 구름 사이로 어른거린다
마을의 불빛은 왠지 점점 더 멀어져 보인다

— 『따뜻한 적막』(2016, 문학세계사)

바람과 나

문득, 가던 길을 멈춰 선다

바람은 어디서 왔다가
어디로 가는지
어디로 갔다가 되돌아오는지
길가의 풀과 나무들, 마음을 흔들어 댄다

흔들리지 말아야지, 다짐하는 순간에도,
아무리 멀어도 가야 할 길은 가고야 말겠다고
마음먹는 순간에도 바람은 나를 흔든다

내가 어디로 가고 있었지?

바라보면 저만큼 내가 떠밀려 간다
떠밀려 가다가 다시 떠밀려 온다
멈춰 서 있는 순간에도 떠밀려 간다

나는 다시 가던 길을 간다
떠밀려 가다가 되돌아오고
오다가 가지만
떠밀리지 않으려고 안간힘을 쓴다

나는 대체 어디로 가고 있는 거지?

— 『따뜻한 적막』(2016, 문학세계사)

유리벽

유리창 너머의 오동나무 빈 가지에
뛰어내리는 겨울 햇살
앞산이 몇 발자국 다가서는 듯하더니
멈춰 서 버린다
앞산은 따스한 유리창 이쪽과는
여전히 거리를 좁히지 못한 채
몸이 굳어 있는 것일까

하지만 나는 창밖의 앞산 자락을,
그 응달의 나무들과 마른 풀들까지
앞마당으로, 다시 창 안으로
지그시 끌어당긴다
안으려 해보지만 품을 수는 없다
창유리에 부딪치는 바람 소리,
간헐적으로 희미한 새소리

유리창은 그 투명함만큼이나

확실한 벽이 돼 버린 것일까
이 벽은 안팎을 확고하게 분할하지만
그래도 자꾸만 헛손질을 하게 된다
아마도 새봄은 먼 데서
느린 걸음으로 오고 있겠지만
바람은 여전히 유리창을 흔들어 댄다

—『따뜻한 적막』(2016, 문학세계사)

어떤 나들이

멧새들이 떼 지어 날아든다
산 너머 먼 숲에서 나들이 온 건지
쉴 새 없이 조잘거린다
고층 아파트 사이 키 큰 나무들 가지마다
끌고 온 길들을 허공에 죄다 풀어놓는지

새들은 알레그로에서 모데라토로,
모데라토에서 다시 알레그로로 목청을 바꾼다
바람도 슬며시 끼어든다
나무들이 춤추듯 술렁거리고
진초록 잎사귀들이 햇살을 되쏘아 댄다

눈에는 보이지 않는, 부드럽고 커다란 손이
이 오후 한때를 어루만져 주는 걸까
무거운 마음 떨쳐 내려 애쓰던 나도
한나절 땀 흘리며 올랐다가 내려온 산길을
지그시 끌어당겨 들여다본다

가고 싶은 길이 이제야 보일 듯도 하다
새들은 제멋대로 길을 만들었다가는 거두고
거둬들였다가는 새로 깔면서 가는지
옥빛 하늘 자락 흔들며 저만큼 멀어진다
나는 눈을 감은 채 따라나선다

—『따뜻한 적막』(2016, 문학세계사)

수평선

해변의 외딴집 낯선 창가에 앉아
먼 수평선을 바라본다
하늘과 바다가 올라가고 내려오려 하지만,
서로 끌어당기고 끌어들이려 하지만,
팽팽한 경계, 그 사이로
작은 어선 몇 척이 떠간다

바다와 하늘은 끝내
올라가지도 내려오지도 못한다
끌어당겨지지도 끌어들여지지도 않는다
해가 서녘에 기울 때까지
수평선 멀리
괭이갈매기들을 따라나서는 마음에
날개를 달아 보려 할 따름이다

해변의 낯선 외딴집 창가에 앉아
올라가려는 마음과 내려오려는 마음을

끌어당기고 끌어들이려 할 뿐,
하늘과 바다 사이에 보일 듯 잘 안 보이던
내 마음의 수평선도 차츰 뚜렷해진다
그 수평선을 홀로 들여다봐야만 한다

―『따뜻한 적막』(2016, 문학세계사)

등 굽은 소나무

산소의 나무들을 바라보면 가슴 찡하다
푸근한 길들을 빚어 끌어안는
저 등 굽은 소나무들

오랜 세월, 비바람 불고 눈보라쳐도
오로지 제 빛깔로만
독야청청 우람한 저 모습

하루에도 몇 번 흐렸다 개었다
흐려지는 사람의 길,
이 미망의 길을
그윽하게 내려다보는 성자 같다

하고 싶은 말을
죄다 안으로 삭여서인지,
바늘처럼 돋아난 진초록의
무성한 잎, 그 입술들

세상이 바뀌고 아무리 달라져도
말 없는 말들만 낮지만 높게 쟁이듯이
등 구부린 채 하늘을 끌어안는 저 나무들

—『따뜻한 적막』(2016, 문학세계사)

요즘은 나 홀로

요즘은 혼자만 있을 때가 잦아졌다
나 홀로 느긋하게
온갖 생각의 안팎을 떠돈다

거기에 날개를 달아 보거나
내 속으로 깊이 가라앉을 때가 잦다

빈 집에서 빈 방 가득
생각들을 풀어 내다 거둬들이다 하면서
나 홀로 술잔을 기울일 때가 좋아졌다

혼자 마신 술에 젖어
술이 나를 열어 주는 길을 따라
나 홀로 유유자적 거닐 때가 좋다

적막이 적막을 껴입고 또 껴입으면

혼자 그 적막을 지그시 눌러 앉히곤 한다

눌러 앉혀 다독이면
그윽하게 따뜻해지는 적막이 좋다
나 홀로, 늘 혼자라는 생각을 하면서

―『따뜻한 적막』(2016, 문학세계사)

지나가고 떠나가고

지나간다. 바람이 지나가고
자동차들이 지나간다. 사람들이 지나가고
하루가 지나간다. 봄, 여름,
가을도 지나가고

또 한해가 지나간다.
꿈 많던 시절이 지나가고
안 돌아올 것들이 줄줄이 지나간다.
물같이, 쏜살처럼, 떼 지어 지나간다.

떠나간다. 나뭇잎들이 나무를 떠나고
물고기들이 물을 떠난다.
사람들이 사람을 떠나고
강물이 강을 떠난다. 미련들이 미련을 떠나고

구름들이 하늘을 떠난다.
너도 기어이 나를 떠나고

못 돌아올 것들이 영영 떠나간다.
허공 깊숙이, 아득히, 죄다 떠나간다.

비우고 지우고 내려놓는다.
나의 이 낮은 감사의 기도는
마침내 환하다.
적막 속에 따뜻한 불꽃으로 타오른다.

—시집 『따뜻한 적막』(2016, 문학세계사)

환한 아침

새벽에 창을 사납게 두드리던 비도 그치고
이른 아침, 햇살이 미친 듯 뛰어내린다
온몸이 다 젖은 회화나무가 나를 내려다본다
물끄러미 서서 조금씩 몸을 흔든다
간밤의 어둠과 바람 소리는 제 몸에 다 쟁였는지
언제 무슨 일이 있기라도 했느냐는 듯이
잎사귀에 맺힌 물방울들을 떨쳐 낸다
내 마음보다 훨씬 먼저 화답이라도 하듯이
햇살이 따스하게 그 온몸을 감싸 안는다
나도 저 의젓한 회화나무처럼
언제 무슨 일이 있어도 제자리에 서 있고 싶다
비바람이 아무리 흔들어 대도, 눈보라쳐도
모든 어둠과 그림자를 안으로 쟁이며
오직 제자리에서 환한 아침을 맞고 싶다

—『따뜻한 적막』(2016, 문학세계사)

부재不在

바람결에 나뭇잎들이 흔들린다
흔들리는 나뭇가지에
참새 몇 마리 나란히 앉아 지저귄다

구름은 흐르듯 말듯 천천히 가지만
시간은 잰걸음으로 간다
늘 같은 속도로 비정하게 간다

나무 그늘에 우두커니 앉아서
내가 나를 들여다본다
들여다보면 볼수록 자꾸만 작아진다

하늘엔 비행기 한 대 점점 멀어진다
작디작은 점이 됐다가
가뭇없이 사라져 버리고 만다

—『거울이 나를 본다』(2018, 문학세계사)

유리창

유리창 너머를 바라보고 있으면
새들이 날아들고 나무들이 다가선다
그러나 다가가고 날아가는 건
정작 내 마음일 따름이다

마음의 빈터에 새들을 부르고
나무들을 끌어당겨도 부질없는 일일까

유리창은 투명하고 견고한 벽이므로,
견고한 만큼 투명하고 투명한 만큼
견고한 유리창은
이쪽과 저쪽을 투명하고 견고하게
갈라놓고 말 것이 너무나 분명하므로,

하지만 오늘도 창가에 앉아

유리창 너머 풍진 세상을 끌어당긴다

분할된 안팎을 아우르는 꿈에
안간힘으로 날개를 달아 본다
유리창 이쪽 마음의 빈터에 나무를 심고
새들의 노랫소리도 불러 모은다

—『거울이 나를 본다』(2018, 문학세계사)

하늘은 언제나

하늘은 언제나 거기 그대로다

날이 가고 달이 가도, 해가 가고
이 세상이 자주자주 바뀌어도,
새들이 포물선을 그리며 노래해도

마냥 제자리에서 내려다본다

꽃들이 피었다 이내 시들고
사람들이 왔다가 모두 떠나가도,
달 뜨고 별들이 총총 이마를 맞대도

무덤덤, 표정만 이따금 바꾼다

천둥과 번개 요란해도,
비 쏟아지고 눈발이 휘몰아쳐도,

세상 뒤집어 무너뜨릴 것만 같아도

끝내 한 마디 말도 없다

귀를 열고 바라보면서
비워지고 다시 차올라도 아랑곳없다
이 세상 모든 걸 죄다 품어 안는

하늘은 언제나 거기 그대로다

언제나 그대로라 잘 보이지 않는다
먼 듯 가까운 듯 안 보이는 건
만물이 그 품에 들었기 때문이다

—『거울이 나를 본다』(2018, 문학세계사)

구름 그림자

구름 그림자가 지나간다
뒤뜰의 낡은 벤치에 앉으면
아득하게 잊힌 기억 몇 가닥,
애써 잊으려했던 몇 토막 기억이
구름 그림자 따라 얼비치다 사라진다
벼랑 끝에 선 어린 시절의 내 모습도
저만큼 다가오다 멀어진다

어디선가 새들이 맑게 지저귀지만
무슨 뜻인지는 알 수 없다

그저 듣기만 한다

떠나면 안 돌아오는 강물과

앞으로만 가고 있는 세월의 뒷모습

그런데도 오늘은 왜 이리도
까마득하게 잊었던, 그렇게도
애써 잊으려고만 했던 기억들이
마음 흔들어 글썽이게 하는지, 왜
그 기억들이 나를 들여다보고 있는지,
뒤뜰의 낡은 벤치에 앉아 덧없이
구름 그림자를 바라본다

─『거울이 나를 본다』(2018, 문학세계사)

월광곡 月光曲

제 발치 물끄러미 내려다보고 있는
벽오동나무, 커다란 잎사귀에
노 저어 내리는 달빛

오래 기다린 그 사람 올 것만 같아,
그 발소리 나직나직 다가서듯
들리는 것만 같아

하염없이 달빛 끌어당겨 그러안는다
잦아들듯 젖어 오는 풀벌레 소리,
서늘한 바람 소리

벽오동나무가 비단을 짠다
달빛과 풀벌레 소리로 비단을 짠다
밤 이슥토록 제 홀로 비단자락 펼쳐 낸다

그 사람 끝내 안 돌아와도

먼 데로 영영 떠나 버렸을지라도
그리운 마음, 달빛, 풀벌레 소리 엮어 짠다

바람 소리, 풀벌레 소리,
벽오동 잎사귀에 내린 달빛 촘촘한
비단 한 필, 그 사람 더듬어 펼쳐 올린다

—『거울이 나를 본다』(2018, 문학세계사)

아침 느낌

해맑은 아침이다
풀잎에 맺혀 반짝이는 이슬방울,
가볍게 부딪는 유리잔 소리

맨발의 햇살이 뛰어내린다
양지바른 담장 밑 사금파리들이
내리쬐는 햇빛을 되쏜다
몸을 추스르며 일제히 하늘로
팔을 쭉쭉 뻗고 있는 나무들

유리잔 속 찬물을 들이켜고
아스라한 하늘을 올려다본다
새들이 밝게 조잘거리고
몇 줄기 하늬바람이 처마 끝의
풍경 소리를 흔들어 깨운다

차츰 가까이 다가서는 앞산,

이슬같이 영롱한 몇 마디 말이

풀잎에 파닥인다

—『거울이 나를 본다』(2018, 문학세계사)

아침 한때

앞산에서 뻐꾸기 울고 아침이 온다
창문 열고 하늘을 올려다본다

이웃집에서 들려오는 그레고리오 성가

갤 듯 말 듯 찌푸린 하늘에
낮게 떠 있는 구름이 성스러워 보인다

간밤에는 악몽에 시달렸으나
꿈 깰 무렵에야 황감히 받아먹은 만나*
낯선 광야에서 헤매던 내가
환한 얼굴로 돌아오는 것 같아서일까
멧새 소리도 유난히 밝다

트릴** 리듬을 타기라도 하듯이 구름은
내리는 햇살과 어우러진다

더욱 성스러워 보이는 앞뜰의 산딸나무***

심금을 울리던 성가가 멎어도
음반은 여전히 돌고 있는 것만 같다

*옛 이스라엘 민족이 애급 탈출 때 광야에서 여호와로부터 받은 음식물manna.
**어떤 음과 2도 높은 음이 번갈아 빠르게 연주되는 장식음.
***예수 처형 때 쓴 십자가를 이 나무로 만들었다고 전함.

—『거울이 나를 본다』(2018, 문학세계사)

나의 나

새들이 나뭇가지에서 조잘거린다
해가 지고 날이 저물자
누군가 어둠살을 헤집으며 걸어온다
산모롱이를 돌고 돌아
그 휘어진 길을 끌면서 다가온다

그는 잠시 손을 흔들더니
두 손을 호주머니에 깊숙이 찌른다
저만큼서 멈춰 서 버린다
새들이 하나둘 나뭇가지를 떠나고
점점 두터워지는 어둠살

불러도 그는 아무런 표정도 없이
어둠 저편으로 가 버린다
눈을 감은 채 어둠속에 홀로 서서
내가 나를 들여다보면서
그가 바로 나였다는 걸 깨닫는다

　　―『거울이 나를 본다』(2018, 문학세계사)

172

유리걸식流離乞食

나는 떠돌이 말 거지랍니다
오늘도 유리걸식, 길을 나섭니다
이 집 저 집 문전에서 구걸을 해도
이내 허기에 빠져드는 말 거지랍니다

모래알같이 많고 많은 말들 가운데
내가 끌어당겨 그러안는 말들은
모래밭 위의 누추한 누각 같습니다
뜬구름 잡는 허공의 뜬구름,
밑 빠진 독에 물 붓기라고나 할까요
그래도 유리걸식, 모래도 글피도
꿈꾸는 이 발길을 못 돌릴 겁니다

말을 찾아 정처 없이 떠돌아다녀도
아무리 문전박대를 당한다고 해도
유리걸식을 안 할 수 없습니다
나는 한갓된 말 거지랍니다

―『거울이 나를 본다』(2018, 문학세계사)

173

강물 위에 편지를 쓰듯

강물 위에 편지를 쓰듯,
바닷가 모래밭에 그런 사연을 적듯이
그렇게 또 하루를 끌어안는다

잎사귀 떨어뜨리는 산딸나무 가지 사이로
빗금처럼 미끄러져 내리는 햇살

새들은 제 그림자를 벗으며 둥지에 든다
끝내 입언저리에 말라붙어 버리고 마는
말들, 푸른 추억의 지스러기들이
검붉은 낙조落照에 파묻혀 가고 있다
나는 또 그렇게 하루를 보내야 한다
이쪽 문이 닫히면 이내 저쪽 문이 열리듯,

평행이나 역방향의 길을

우리는 거스르지 못하더라도 가야 한다

산딸나무 우듬지에 쌓이는 낙엽을
하늘이 내려다보듯이, 새가 허공으로 날듯
먼 불빛 더듬어 길을 나서야 한다

—『거울이 나를 본다』(2018, 문학세계사)

꿈꾸듯 말 듯

사는 게 꿈꾸기라고 생각해 왔는데
이젠 그 생각이 좀 달라지는 것 같습니다

아무리 꿈꾸어도 언제나 제자리걸음 같아서,
꿈은 어디까지나 꿈일 뿐이어서
그런 것일까요
꿈을 꾸다가 지칠 대로 지쳐서,
그 미련마저 떨쳐 버리고 싶기 때문일까요

아무튼 요즘은 꿈꾸듯 말 듯 길을 나섭니다
때로는 게걸음으로 느리게 걷습니다

지우고 비우고 내려놓아야겠다고 마음먹으며
꿈밖에서 서성거리기도 합니다
멍하니 서 있거나
결가부좌 틀고 앉아 있다가도

이내 마음 바꿔 흐르는 물같이 가곤 합니다

비바람 불고 눈보라 몰아쳐도 꿈꾸듯 말 듯
한결같은 그 걸음으로 가려 합니다

(그런데 또 왜 이런 꿈을 꾸는 거지요……)

거울이 물끄러미 나를 본다

—『거울이 나를 본다』(2018, 문학세계사)

나의 시, 나의 길

이상 세계 꿈꾸기와 그 변주

이태수

등단 초기부터 지금까지 삶의 이상적 경지에 도달하기 위한 꿈을 꾸면서 내면 탐색을 거듭해 온 것 같다. 그 탐색은 몸담고 있는 공간의 구체성보다는 주로 정신적 지향처인 추상성에 착안하면서 초월 의식에 은밀하게 무게중심이 주어지기도 했다. 현실에 뿌리를 두면서도 '지금ㆍ여기의 세계'라기보다 밝고 투명한 '다른 세계', 또는 '이상 세계'에 주어지는 경우가 많은 것도 그 때문이다.

이 같은 발상과 지향은 비루한 현실을 비켜서는 게 아니라 그 극복을 위한 역설적 접근이며, 완곡한 표현의 소산이라 할 수 있다. 되돌아보면 나의 시는 시대와 세월의 흐름에 따라 완만한 변모를 거듭하기도 했지만 큰 틀로 보면 한결같은 현실 초월에의 꿈꾸기였고, 그 변주들에 다름 아니었던 것 같다.

실존적 방황과 초월에의 꿈

1970년대는 실존적 방황이랄까, 낭만적 우울 속의 헤맴이랄까, 그런 빛깔과 무늬들로 물들어진 시절이었다. 자아를 잃고 가상으로 떠내려가면서 살아가는 자신에 대한 성찰과 소외감이 시의 중심을 이루고 있는 것도 그 때문이다. 시「낮술」과 연작시「그림자의 그늘」은 특히 그렇지만, 첫 시집『그림자의 그늘』(1979, 심상사)에 실린 대부분의 시들은, 해설에서 문학평론가 김흥규가 지적하고 있듯이, '건조하고 황량할 뿐인 일상의 외부 세계와 그 안에서 방황하는 정신의 자화상'들이다. 일련의 이미지들과 그 사이의 연상적 침투와 결합을 통해 작품을 구성하는 방법을 거의 일관되게 유지하면서 반복적인 상징을 도입하곤 했다.

안개 뜯으며

개들이 짖고 있다.

드문 드문 눈 부비는 별빛

풀잎에 흩어지고

반쯤 피다 시든 꽃 한 잎,

창窓유리에 매달리고 있다.

바람에 불리우며

뼈 부러지는 소리를 내는

한 조각의 꿈, 꿈 한 조각의 아픔

안개 속에 떠돌고 있다.

발, 동동 그르며

안으로 걸린 빗장 밖에서

캄캄한 머리, 떠돌던 이마의 주름이

칼을 쓰고 운다.

눈 비비고 봐도 거울엔

내 얼굴이 없다.

안 보이는 내 얼굴이 킹킹킹

야반夜半의 하늘 끝으로

개 짖는 소리, 흘리고 있다.

　　　　　　　　　—「그림자의 그늘 3」전문

　연작시 「그림자의 그늘」의 경우 제목이 이미 암시하고 있듯이,
일상의 흐름 속에 부침하면서 알 수 없는 곳으로 표류하는 현실
적 자아(그림자)와 스스로의 주체로서 자신과 현실을 제어할 수
있는 힘을 가지지 못한 채 오히려 그림자에 이끌려 어두운 방황
을 거듭하는 내면의 얼굴(그늘)을 교차시키면서 진정한 '내 얼굴'
을 잃어버린 아픔에 대한 절규들이었다. 「낮술」은 그런 분위기와
상통하면서도 내 삶과 이를 둘러싼 상황과의 동적인 관련에 적극
적인 의의를 부여함으로써 구체적인 현실 의식에의 지향을 예고
하기도 했다.

　풀어지면서 한 잔

　만촌동 산비알 포장집

　구석에 몰리며 두 잔

낮술에 마음 맡겨 희멀건 낮달처럼
희멀겋게 석 잔, 넉 잔

무서워요. 눈 뜨면 요즈음은
칼날이 달려와요. 낮과 밤
꿈속에서도 매일 목 졸리어요.
누군가 자꾸
자꾸 술만 권해요.

거울을 깨뜨려요.
구석으로 움츠리며 낮술에 젖어
얼굴 버리고 걸어가요. 요즈음은
아예 얼굴 지우고, 깨어서도
잠자며 걸어가요.

걸어가요. 한반도의 그늘 속을
낮술에 끌리어 낮달처럼
희멀겋게 희멀겋게 다섯 잔
여섯 잔, 열두 잔

—「낮술」 전문

그 이후에는 대사회적인 관심이 조금씩, 때로는 다소 거칠게 섞여 들기도 했다. 20대의 방황의 소산인『그림자의 그늘』에서 차츰 발걸음을 옮기면서 여전히 끈끈한 어둠을 떨쳐 내지는 못한 채 관념적인 내면성을 어느 정도 벗어나 구체적인 체험 쪽으로 다가서려는 시도를 했기 때문이다. 1980년대는 주위 상황도 어둡고 우울한 시기였다. 정치적·사회적 소용돌이가 극심한 가운데 산업화·도시화의 물결이 드높던 1970년대를 거친 1980년대 초중반에는 급격한 현대화 물결이 물질만능주의 등 가치관의 혼란을 부르기도 해 그런 상황을 뛰어넘고 싶다는 열망이 가열되기도 했다.

두 번째 시집『우울한 비상의 꿈』(1982, 문학과지성사) 뒤표지의 산문(표사)에 "꿈에게 퍼덕이는 날개를 달아 주고 싶다"고 썼듯이, 말을 비천하게 만드는 현실에 좌초되면서도 그 암울한 상황을 비판적인 눈으로 바라보는가 하면, 밝고 자유로우며 사랑으로 가득 찬 내일을 향한 꿈에 불을 지피곤 했다. 이 때문에 절망하면서도 그것을 초극하려는 완강한 몸짓으로 실존적 방황에 상승 이미지를 부여하곤 했다.

내 마음 깊은 깊이에
새 한 마리가 살고 있다.
울지도 못하고 노래도 못하는

눈멀고 말라비튼 귀머거리

새 한 마리가 살고 있다.

눈보라 흩날리고

얼어붙은 내 마음 허허벌판에

날지도 못하고 걷지도 못하는

기막힌 새 한 마리,

새 한 마리의 캄캄한 마음이 살고 있다.

강물 풀리고 새 아침이 밝아 올 때

단 한 번 울고 오래오래 노래할,

눈뜨고 귀가 트이는 그 시각을 위해

나의 새는 뼛물 말리며

웅크리고만 있다.

가혹한 비상의 꿈을 꾸며

새 하늘을 그리고 있다.

—「내 마음의 새」전문

이 시집의 해설에서 문학평론가 김병익은 "이태수의 시들은 말, 살아 있는 진정한 말을 향한 갈망이며, 그의 기다림·희망의 주된 대상이 그 말과 말을 통해 존재할 수 있는 시인됨이고, 그가 꾸는 밝은 꿈과 별, 혹은 새, 혹은 새벽과 풋풋한 삶은 언어라는 낱말로 환치될 수 있는 것들이다."라고 했다. 또한 이 무렵의 시에는 진정한 말을 향한 갈망이 번져 있으며, 때로는 시「망아지의 풋풋한 아침이 되고 싶다」에서 드러나는 바와 같이, 바로 그렇기 때문에 거기서 뛰쳐나오려는 열망이 더 강렬해지면서 동적인 이미지와 어휘를 낳기도 했다.

  망아지를 키우고 싶다. 내 가슴에
  으으으 입술 깨무는
  이 목마름을 위하여,
  날이면 날마다 가위눌리는
  가난한 꿈을 위하여,

  뛰어가고 싶다. 때로는
  물거품처럼 부서지더라도
  식어 가는 가슴에 하나, 불을 달고
  오랜 망설임도
  주저앉아 기다리던 기다림도 박차 버리고,

  이마를 부딪고 싶다. 휘어지지 않고
  하루살이처럼 맹렬하게
  하지만 싸늘하게 눈 부릅뜨고
  화살 되어 꽂히고 싶다.

어딘가 가 닿아 뜨겁게 불붙고 싶다.

지친 밤에는 하늘의 별들
하나씩 불러 모으고, 가혹한 꿈 돋우어 내며
새우잠 속의 뒤척임,
이 아픔도 새벽 하늘에 내어다 걸고
어둠 가르며 번뜩이는
칼날이 되고 싶다. 별빛이 되고 싶다.

아아, 망아지가 되고 싶다.
울타리 뛰어넘어 혹은 불처럼
거침없이 치닫는 야생의
고삐 풀린 망아지,
망아지의 풋풋한 아침이 되고 싶다.
　　　　　　　―「망아지의 풋풋한 아침이 되고 싶다」 전문

　관념적인 세계의 천착(1970년대), 삐걱거리는 현실에 대한 고
통과 그것의 초극을 향한 몸부림(1980년대 초반)을 거친 뒤 다다른
지점이 세 번째 시집『물속의 푸른 방』(1986, 문학과지성사)의 역설
적인 세계였다. 그 이전보다는 다소 밝고 맑은 세계를 더듬는 방
향 감각을 찾게 됐다. 현실은 비록 추하고 불순하지만 그 바깥이

나 그 깊숙이 어떤 순결하고 명징한 세계가 있을 수 있다는 전망이 그것이었다.

이 무렵에는『우울한 비상의 꿈』시절의 '날아오르기의 꿈'(상승이미지)을 '내려가기의 꿈'이나 '낮은 꿈'(하강 이미지)으로 방향을 바꾸었다. 내려가고 또 내려가다 보면 추하고 뒤틀린 현실의 어딘가에, 어떤 깊숙한 곳에, 순결하고 명징한 세계가 있을 것이라는 믿음의 소산이었다. '물속의 푸른 방'은 유토피아의 다른 이름이며, 비현실적인 상황 설정을 통한 새로운 길 찾기의 형이상학적 추구에 다름 아니었다.

문학평론가 정과리는 해설 '분열된 자아의 꿈, 혹은 원의 위상학'을 통해 이 시집의 변모의 줄거리는 "본래 복잡하게 얽힌 전체 —시인의 감정·앎·열망 등이 혼란스럽게 뒤섞인—를 시인이 의식적으로 재구성한 결과"로 보기도 했다.

흐르는 물에 발을 담근다.

서늘하고 둥근 물소리……

나는 한 참을 더 내려가서

집 한 채를 짓는다.

물소리 저 안컨에

날아갈 듯 서 있는 나의 집, 나의

푸른 방에는

얼굴 말끔이 썻은 실바람과

별빛이 술렁이고

등불이 하나 아득하게 걸리어 있다.

—「물속의 푸른 방」전문

그런 한편으로는 현실의 아픔을 초극하고 싶은 열망을 "나의 슬픔에게/ 날개를 달아 주고 싶다. 불을 켜서/ 오래 꺼지지 않도록/ 유리벽 안에 아슬하게 매달아 주고 싶다,/ 나의 슬픔은 언제나/ 늪에서 허우적이는 한 마리 벌레이기 때문에,/ 캄캄한 밤/ 바람에 흩날리는 나뭇잎이거나/ 아득하게 흔들리는 희망이기 때문에,"(「나의 슬픔에게」)와 같이 낮게 읊조리기도 했다.

큰 문맥으로 보면 현실 초극과 초월이 일관된 명제요, 삶의 이상적 경지 탐색이 궁극적인 지향점이었다. 이 때문에 때로는 비판적인 시각으로 현실을 바라보면서 새로운 변화를 꿈꾸기도 했지만, 그보다는 개인적·정서적인 꿈의 세계에 무게중심을 실었는지도 모른다. 현실에 뿌리를 두면서도 '지금·여기의 세계'라기보다 밝고 투명한 '다른 세계', 또는 '이상 세계'에 대한 추구는 비루한 현실을 비켜서려는 게 아니라 그 극복을 위한 역설적 접근이었다.

'너, 나, 그'와 둥글음의 지향

1980년대 후반부터는 여전히 하강 이미지를 집요한 초월의 길 찾기의 방법으로 끌어들이면서도 새로운 꿈의 세계를 구축하려는 시도를 했던 것 같다. 손상된 본래적 자아가 회복된, 맑고 순수한, 내면의 공간을 꿈꾸는 한편 보다 구체성을 띤 '너'와 '나'의 문제를 축으로 한 인간 관계에 눈을 돌렸다. 신과 인간의 중간 지점에 자리잡으면서 초월에 다다른 존재로서의 '그'를 찾아 나서는 데 무게중심을 두었다. 특히 형이상학적인 명제이기도 한 '그'에 대한 추구는 '너'와 '나'의 문제에 천착한 네 번째 시집 『안 보이는 너의 손바닥 위에』(1990, 문학과지성사)에서 시작됐으며, 다섯 번째 시집 『꿈속의 사닥다리』(1993, 문학과지성사)와 여섯 번째 시집 『그의 집은 둥글다』(1995, 문학과지성사)로 넘어오면서 더욱 본격화됐다.

네 번째 시집 『안 보이는 너의 손바닥 위에』는 '꿈을 뒤집어 꾸기', '꿈의 무화'라는 빛깔을 묻히거나 '꿈 버리기의 꿈'으로 풀이될 수 있는 마음의 그림들을 담아 보려 했다. 이 시집을 내면서 뒤표지에 이렇게 쓰기도 했다.

"'지금·여기'에서의 삶보다는 '언젠가 가 닿고 싶은 곳'에 마음이 가곤 한다. 그 때문에 이즈음은 내려갈 수 있으면 더 내려갈 데가 안 보일 정도로 내려가서 마주치는 내 삶에 대한, 단조로우면서도 결코 그렇지만 은 않은, 눈뜸과 아픔, 그리고 이윽고는 새로 꾸는 '낮은 꿈'에 관심이 주 어질 때가 많다. 이 같은 '내려가기'는 어쩌면 '올라가기'의 또 다른 '길 찾 기'일는지도 모른다. (이하 생략)"

조금은 역설적인 냄새를 풍기는 이 같은 생각의 배경은 역시 꿈과 현실의 괴리감 때문이었다. 이 무렵부터 더욱 '내려가기'와 '낮은 꿈' 꾸기에 마음을 주곤 했다. 그러나 그런 길 찾기는 다시 구부러지기 시작해 '꿈을 뒤집어 꾸기'로 이어지는 또 하나의 비 애로 연결됐던 것 같다. 그래서 다시 이르게 된 지점이 '그'와 '너' 를 그리워하며, 인간적이면서도 인간의 한계를 뛰어넘고, 그러면 서도 절대자(신)보다는 인간에 가까운 존재인 '그'를 목말라 하고 열망하는 길을 나서게 됐던 것으로 기억된다.

이 무렵의 적지 않은 시편들은 무기력하고 상투화된 현대인의 결핍을 충족시켜 본래의 자리로 되돌려줄 정신적 희구의 대상으 로서의 '그'를 찾아가는 도정에 힘이 주어졌다고나 할까. 특히 그 과정의 험난함과 애틋함 속에서 섬광처럼 어둠 속에 묻힌 길들을 찾아내는 것이 바로 '그'라는 사실을 역설하려고도 했다. 하지만 이 시집에는 '너'와 '나'는 언제나, 어디까지나, '타인'일 뿐이라는 비애를 그린 작품들도 다수 들어 있으며, 처음 써 본 이 연시 연작 에는 다음과 같은 시도 있다.

봄밤에는 울고 싶어라.

개나리 노란 울타리 너머

손톱달 매달려 흔들리고 있네.

복사꽃 퍼 있는 내 마음 길에

문득문득 켜지는 불, 이내 꺼지고

남몰래 울고 싶어라. 울고 싶어라.

네가 안 보이는

이 황량한 지상에서

너를 더듬어 하염없이 걸어가는

봄밤에는 울고 싶어라. .

—「봄밤에는」 전문

이룰 수 없는 꿈은 아름답다.

팔을 뻗고 발을 구르는

이 목마름은 아름답다.

뜬눈으로 밤을 건너거나

입술 깨물며 돌아서도

가눌 수 없는 이 눈물은 아름답다.

저만큼 가고 있는 내 등 뒤에

눈길을 주며, 강의 이쪽에서

돌이 되는 가슴은 아름답다.

지워도 지워도 되살아나는

아픔과 상처, 강의 저쪽과

이쪽, 그 사이의 하늘에 번지는

절망의 빛깔은 아름답다.

— 「절망의 빛깔은 아름답다」 전문

이 시집의 해설에서 시인 황동규는 "상상력 쇠퇴의 고통을, 거의 태양 상실의 심정으로, 그것도 한두 편이 아니라 연작시 형태로 노래한 작품은 우리 시에서 찾기 힘든 것"이라고 보기도 했다. '그'에 대한 묘사는 그 다음 시집에 더욱 본격화되므로, 부분적으로 예를 들면 다음과 같다.

잠이 돌아누울 때는

끌어안고, 달라붙을 때는 밀어 내며

입술을 깨물 듯이,

나는 그와 만난다.

— 「나는 그와 만난다」 부분

그가 다시 슬리퍼 소리를 내며

나타났다. 얼굴은 보이지 않고

뒷모습만 드러내던 그는 이내

발자국만 남기고 사라졌다.

— 「그는 다시 나에게」 부분

다섯 번째 시집 『꿈속의 사닥다리』는 상승과 하강 이미지를 교차시키면서 '무화된 꿈'을 다시 일으키고, 잃어버린 말과 길 찾기(초월)를 하는 '사닥다리 놓기의 꿈'을 통해 끊임없이 가위눌림을 강요당하는 황폐한 현실로부터 벗어나 자유롭고 따스하게 꿈꿀 수 있는 정신적 이상향을 구축하는 데 주로 주어졌다. 『안 보이는 너의 손바닥 위에』의 연장선상에서 무화된 꿈을 다시 일으키고 상승 작용을 모색하는 '사닥다리 놓기의 꿈', 잃어버린 말과 길 찾기에 나서면서 나의 꿈에는 '중심 잡기'의 여유가 어느 정도 개입되기도 했다. 종래와는 달리 상승 이미지와 하강 이미지의 복합적 구사에 의한 새 꿈에 불 지피기의 양상을 띠고 있다고 할 수 있다.

쥐뿔이 보일 때까지
내려가고 또 내려가리, 내려가다가
길이 막히면 다시 올라오며
찾고 또 찾아보리. 설령 언제나
개구리 눈에 물 붓기, 기름에
기름을 타거나 물에 물 엎지르기

가 되더라도 끝까지 걸어가 보리.

—「쥐뿔 찾기-시법詩法」부분

하강과 상승 이미지를 복합적으로 구사하는 시도의 일단이지
만, 이 같은 방법을 통해 형이상학적인 명제인 '그'를 목말라 하는
모습은 다음에 예를 드는 바와 같이 도처에 그려져 있다.

그가 그리운 날은

줄담배를 피웠다. 담배 연기를 딛고

가물거리는 마음은

허공으로 뿌리를 흔들었다. 이따금

거꾸로 서기도 하고 주저앉기도 했지만

그는 아랑곳하지 않았다. 언제나

그는 그대로 저만큼 있었지만

만날 수 없었다.

가까이 다가서는 듯, 아득하게 가고 있는

그가 그럴수록 그리웠다.

항간에 그는 신들과만 만난다고 하고,

이즈음 어디론가 모습을 감추었다고도 한다.

—「그가 그리운 날은」부분

대낮에 그를 만날 수는 없을까.

꿈길에서가 아니라,

눈감고 있을 때가 아니라,

이 눈부신 햇살 속에서

만날 수는 없을까.

　　　　　—「대낮에 그를 만날 수는 없을까」부분

이 시집의 해설에서 문학평론가 김주연은 "'그'는 우리 현실에
꼭 필요함에도 불구하고 결핍되어 있는, 신성에 가까운 어떤 추
상적 가치"라며, "시인은 세속적인 현실 속에서 자신도 어차피 더
러울 수밖에 없다는, 더러움을 통하여 더러움을 극복하겠다는 저
유마힐식 세계관을 내세우지 않는다. 시인은 '유리알 같이 맑고
투명한' 길을 만들어 가고자 한다."고 풀이한 바 있다.

　여섯 번째 시집 『그의 집은 둥글다』(1995, 문학과지성사)는 꿈속
의 사닥다리를 수없이 오르내리다가 마주친 초월에의 통로 트기
와 '그'에 대한 천착, 보다 고양된 삶 더듬어 가기 등이 주요 명제
들이었으며, '둥글음'에의 지향이 그 핵심을 이루고 있다고 할 수
있다. 예가 되는 시 두 편을 옮겨 본다.

　그의 집은 둥글다. 하늘과 땅 사이

　그의 집, 모든 방들은 둥글다.

모가 난 나의 집, 사각의 방에서

그를 향한 목마름으로 눈감으면

지금의 나와 언젠가 되고 싶은 나 사이에

검고 깊게 흐르는 강.

모가 난 마음으로는

언제까지나 건널 수 없는 강.

신과 인간의 중간 지점에서 그는 그윽하게,

먼지 풀풀 나는 여기 이 쳇바퀴에서 나는

침침하게, 눈을 뜬다. 아득하게 느껴지는

그의 집은 둥글다. 하늘과 땅 사이

그의 집, 모든 방들은 둥글다.

—「그의 집은 둥글다」 전문

둥근 방을 꿈꿉니다. 이즈음은

밤마다 마음에 푸른 이랑 일구고

푸르게 일렁이는 그 이랑들 디디며

꿈길을 걷습니다. 밤은, 그가 아득하게

둥근 집, 둥근 방에서

새로운 꿈을 꾸는 시간입니다.

그의 마을 별들도 어둠 속에서

이마 조아리며 꿈꾸고, 나는

그 꿈의 마을에 이르는 철벽에

사닥다리를 놓습니다. 이즈음은 밤마다

마음을 낮추거나 한없이 드높여

그 사닥다리를 오릅니다. 그의 집,

그의 방과 같이 둥근 집, 둥근 방을

꿈꿉니다. 둥근 마음을 꿈꿉니다.

—「둥근 마음을 꿈꿉니다」 전문

자서에서 "보다 맑고 아름다운 꿈의 공간으로서의 '마음의 집'
을 빚고, 그 속에서 살고 싶어 해온 열망의 읊조림들"이라고도 적
었듯이, 둥글고 푸르고 맑은 이데아로서의 '그'를 찾아 나서고, 나
를 포함한 이 세상이 그런 둥글음의 세계가 될 수 있기를 바라는
기구와 현실 초월에의 의지를 집중적으로 노래했다.

"육체적 지각을 통하지 않고, 느낌으로만 다가오는 이미지도 소중하
다. 상상력이나 환상은 현실을 뛰어넘으려는 꿈꾸기에 연결고리를 달아
주며, 그 꿈꾸기는 시의 뼈와 살을 만들어 주기 때문이다. 나의 시 쓰기
는 현실 초극의 꿈꾸기에 다름 아니다. 꿈은 삭막한 삶을 적시면서 보다
나은 삶을 올려다보게 한다. 그곳에 이르는 사닥다리를 놓아 주고, 오르
게도 한다. 좌절감이나 절망감을 흔들어 주곤 한다. 지금 · 여기에서는
이루기 어려운 세계, 어쩌면 영원히 가 닿을 수 없는 세계마저 꿈의 공간

에서는 반짝인다. '꿈의 공간 만들기, 그 속에서 살기'는 뒤틀리고 추한 몰골을 한 현실을 뛰어넘기 위한 '조그마한 오솔길 트기'인지도 모른다."

시집『그의 집은 둥글다』의 뒤표지에 쓴 글이다. 당시의 생각을 요약한 이 글이 말하고 있듯, 당시에는 꿈꾸기의 반복이 현실 초극의, 조그마하지만 완강한 초월에의, 오솔길이며 마치 숙명과도 같은 길일는지도 모른다는 생각에 사로잡혀 있었다.

문학평론가 오생근은 이 시집의 해설에서 "이태수에게는 자신의 실존을 자각하고, 덧없는 삶에 갇혀 있지 않으려는, 끈질기면서도 부드럽게 지속되는 의식이 어떤 그리움이나 기다림의 현상으로 나타나고 있음이 분명하고, 그것이 바로 시를 쓰는 마음의 원동력이 된다."고 분석했다.

한때는 유림의 고장으로 불리는 안동이 거느리고 있는 고즈넉한 정서, 그 안컨에 완강하게 자리매김한 뿌리 의식이나 도도한 선비 정신과 마주치면서 빚어진 '정신의 그림들'을 담아 내기도 했다. 이방인으로서의 안동 떠돌기, 잘 안 보이지만 높고 깊게 흐르는 듯한 선비 정신 더듬기가 은밀한 밑그림을 이루고 있는 일곱 번째 시집『안동 시편』(1997, 문학과지성사)의 시들은 뭇사람들이 미처 보지 못하는 풍경의 내밀한 깊이를 포착하면서, 내 심상의 발현을 포개어 놓았다고 할 수 있다.

자연과 떨어져 살고 물질문명에 짓눌려 살아 가는 삭막한 현실 속에서 보다 고향된 삶을 찾이 ㄴ 서는 길 위에서 꿈꾸기와 중얼거림, 낮고 따스하고 부드러운 세계를 향한 노래들이 주로 담겨 있으며, 내가 살고 있는 대구에서 출발해 시계 방향으로 안동을 돌아 대구로 다시 돌아오는 순서로 시를 배열했다. 이 시집의 앞날개에 실려 있는 글은 그 특징을 단적으로 말해 주고 있다.

"시집 『안동 시편』은 언어로 그려 낸 풍경화이다. 그의 붓은 시각보다 더 깊은 곳에 닿아 있어서 눈이 감지할 수 없는 어떤 느낌을 섬세한 이미지로 담아 낸다. 그래서 '안동'은 지리적·현실적인 안동을 넘어 '신화의 자리' '시원의 자리' '자연의 자리'로 재창조된다. 이 시집의 시들은 뭇사람들이 미처 보지 못하는 풍경의 내밀한 깊이를 시인이 포착해 내는 것이기도 하지만, 한편 그 자체가 시인의 심상의 발현이기도 하다. 시편 곳곳에 시인의 흔적이 남아 있는 꿈같은 자연의 풍경 속에 인간의 숨통을 은밀하게 뚫어 놓는다."

세기말의 연민과 신성한 세계 꿈꾸기

여덟 번째 시집 『내 마음의 풍란』(1999, 문학과지성사)에 이르러서는 앞의 시집들이 안고 있는 명제들을 복합적으로 아우르면서 초월과 초극 의지를 부드럽지만 완강하게 노래하려 했다. 각종 재앙과 세기말의 어둠, 특히 국제통화기금(IMF) 체제에서 어려움을 겪고 있는 사람들을 향한 조그맣고 따스한 '가슴 열기'로 이 세계나 세상을 향한 연민과 사랑을 노래한 시들을 주로 담은 셈이다. 이 때문에 나를 둘러싸고 있는 풍경들의 일천함, 현실의 비속함으로부터 벗어나려는 조용하지만 완강한 몸부림(때로는 비실재적인 현상에 대한 그리움)이 되풀이되곤 했다.

친숙한 어법과 쉬운 구문으로 낯익은 세계를 그리는 듯한 외양 속에 그 반대로 트인 오솔길을 보여 주려 했으며, 안으로 다져 넣은 형이상학적 고뇌, 더 나은 삶에의 추구와 초월 의지를 노래했다고 할 수 있다. 이 때문에 쉬운 구문들이 쉽게 읽혀지지 않을 수 있으며, 미묘한 말들로 긴장감과 주의력을 요구한 면도 없지 않다. 낯익고 범상한 세계를 그리는 것이 아니라 실제로는 높고 깊은 정신의 이상향을 지향했기 때문이다.

   1
   허공이 우주를 끌어안고 있듯이
   그 무엇이 나를 떠받들고 있다.
   무거운 땅덩어리가 허공에 달려 있듯이
   내가 알 수 없는 그 무엇에 매달려 있다.
   허공은 부드럽고, 그 무엇은 모양도 없지만
   완강하게 나를 부둥켜안고 있다.
   우주가 모양도 없는 저 허공 안에 있듯이

나는 안 보이는 그 무엇 안에 들어 있다

허공은 비어 있으므로 이 땅을 들어 올리듯이

그 무엇이 나를 일으켜 앉히거나 세운다.

그 무엇은 안 보이고 허공은 비어 있으므로

나를 이토록 깊숙이 품어 앓게 한다.

   2

물이 마침내 쇠를 삭게 하고, 물방울이

한결같이 떨어져 돌을 뚫듯이, 나는 물이 되고

물방울이 되어 돌을 뚫고 쇠를 녹이리.

낮고 부드럽게 비어 있는 그 무엇이

마음을 가득 채우듯이, 비어 있지만

뭔가 가득 채워져 있는 허공이

나를 흔들어 눈뜨게 하고, 다시 일으켜 세우듯이,

일어나 바라보면 아득한 세상, 아득하므로

걷고 또 걷게 하는 세상이 눈물겨워

쇠를 녹이고 돌을 뚫으리. 나는 물방울이 되고

물이 되어 천천히, 오래오래

부드럽게, 낮게, 비워지고, 또 비워져서.

                    ―「그 무엇, 또는 물에 대하여」 전문

이 시는 이 무렵의 정신적 지향을 나름으로 반영한 경우다. 세기말의 어둠과 어지러움 속에서 스스로도 위안을 찾으면서 고통을 겪고 있는 사람들을 향해 던지고 싶은 메시지를 담으려 했으며, 낮고 부드러운 힘이 얼마나 소중한가를 되짚어 보려 했던 것 같다. 풍란처럼 허공에 뿌리를 뻗고 있는 우리의 삶이라 할지라도 '그 무엇'과 '물'의 의미를 반추하면서 더 나은 세계에 이르려는 초극과 초월에의 꿈꾸기에 다름 아니었다.

2000년 들어 새 세기를 맞은 기대감은 컸지만, 1997년 외환 위기 이후 그 후유증 때문에 정치적·사회적으로 어려움은 여전했다. 아홉 번째 시집『이슬방울 또는 얼음꽃』(2004, 문학과지성사)은 그런 와중에 마음이 만들어 낸 자연과 그 시원 속에서 '이슬방울'이나 '얼음꽃'과 같이 조그마하고 투명하며 아름다운 세계를 꿈꾸는 데 주로 주어졌다.

마음이 나무나 새, 이슬방울 속으로 들어가서 깃들이기도 하고, 그 바깥에서 바라보기도 하는 작은 세계가 주조를 이룬 건 그런 마음자리와 연계돼 있었다고나 할까. 그 무렵에는 그런 꿈꾸기에 젖어 있었던 것 같다. 혼탁한 '세상살이의 길'과 그 가운데서 꿈꾸어 보는 '초월적인 길' 사이에서 서정적인 자아는 비틀거렸지만, 어둡게 '주저앉아' 있는 현실에 대한 '반발의 정신'을 잊지 않으려 했다. 하지만 나름으로는 자연과 대상 앞에서 한없이 자세를 낮춰 겸손해진 시적 자아가 텅 비운 마음 속을 '현재의 탁류를

거슬러 올라 맑은 물이 흐르는 시원에 이르고서 이를' 간절한 유
망으로 채우면서 '생명력' 있는 서정시를 빚어 보려 했던 것 같다.

이 시집의 해설에서 시인 최서림은 "시적 화자가 보여 주는 이
상적인 자연 세계는 앞으로 이 땅에 회복되어질 낙원의 모습을
미리 예시하고 있는 것이라고 해석할 수 있다."며, "제유적 세계
관으로 되어 있는 동양 시학에서는 볼 수 없는 목적론적 세계관
의 특징을 지니고 있다."고 풀이했다.

비본질적인 길이라 할 수 있는 '일상적인 길'을 벗어나고 뛰어
넘어 본질적이고 이상적인 '초월의 길'을 추구했던 이 시기에는
비현실적인 공간을 설정하고 그 속에 들 때 서정적 자아가 한없
이 작고 낮아진 상태에서 맑고 투명하게 반짝이는가 하면, 새로
운 길이 열리고, 신성성이 부여되는 꿈을 꾸곤 했다. 시대가 안겨
주는 아픔이 겹쳐 더욱 그랬겠지만, 그 무렵에는 '비인간화'에 맞
서기와 뛰어넘기가 주요 명제였으며, '신성한 언어' 회복과 '정신
의 깊이와 높이' 추구가 지향점이었다.

풀잎에 맺혀 글썽이는 이슬방울

위에 뛰어내리는 햇살

위에 포개어지는 새소리, 위에

아득한 허공.

그 아래 구거지는 구름 몇 조각

아래 몸을 비트는 소나무들

아래 무덤덤 앉아 있는 바위, 아래

자꾸만 작아지는 나.

허공에 떠도는 구름과

소나무 가지에 매달리는 새소리,

햇살들이 곤두박질하는 바위 위 풀잎에

내가 글썽이며 맺혀 있는 이슬방울.

—「이슬방울」전문

문학평론가 이광호가 조선일보에 쓴 길지 않은 평이 이 시를, 마치 내 마음을 꿰뚫듯이, 풀이해 주고 있어 인용해 본다.

"이태수는 이 시에서 자신의 마음이 만들어 낸, 작지만 아름다운 세계를 빚어 보인다. 종래의 시에도 빈번하게 등장하던 물방울이나 이슬방울이 여기서는 더욱 애틋하고 투명한 모습으로 나타난다.

거의 동시에 쓰어진 다른 시 「낮에 꾸는 꿈」에서는 서정적 자아가 한없이 작고 낮아진 상태에서 물방울 속으로 들어갔을 때, 그 둥글고 빈곳에서 투명해지는 말들을 만나는 세계를 떠올리면서 그 신성한 언어를 노래하고 있지만, 이 시에서는 그 신성한 언어의 발견이 삶의 비애와 마주치는 아픔을 처연한 아름다움으로 그리고 있기 때문이다.

맺혀서 글썽이기 때문에 더욱 아름다운 이슬방울은 최상의 상태를 스스로 만들고 있으면서도 언제 사라질지도 모르는 불안정한 상태에 있다. 그래서 새벽빛을 머금고 있는 이슬은 종교적인 성스러움과 생의 덧없음이라는 상징성을 동시에 부여받기도 한다.

더구나 자연의 사물들이 상호 조응하는 세계 안에서 글썽이며 맺혀 있는 이슬방울은 이 시인이 궁극적으로 추구하는 바의 그 '둥글음'의 다른 상징으로 읽을 수도 있게 한다.

그러나 이 시에서 이슬방울과 '내'가 하나가 되기를 소망하고 있음에도 불구하고 실제로는 이루어질 수 없는 꿈에 불과할 따름이라는 데 그 비애는 커질 수 있다. 첫 연에서 묘사되고 있는 것처럼 이슬방울은 그 위에 햇살이 뛰어내리고 새소리가 포개어지며, 위에는 또 아득한 허공이 있다. 말하자면 '이슬방울—햇살—새소리—허공'이라는 사물과 그 무엇들이 '상승'의 체계를 이루고 있으며, 이들은 깊은 함수관계를 가진다. 그 관계 속에서 이슬방울은 어쩌면 하잘것없는 존재라 할 수도 있다.

그런가 하면 그 다음 연에서는 그 허공 아래 구겨지는 구름 조각이 있고, 몸을 비트는 소나무들과 무덤덤 앉아 있는 바위가 있으며, 그 아래 작아지기만 하는 '나'가 자리잡고 있다. 이를테면 '구름 몇 조각—나무들—바위—나'는 '하강'의 질서를 만들면서 역시 상호 깊은 함수관계를 유지한다.

나아가 이 두 가지 종류의 사물의 수직적인 연계는 마지막 연에서 다시 '허공—구름', '소나무—새소리', '햇살—바위', '나—이슬방울'의 수평적인 접속으로 완성되고 있으며, '여기에는 자연 만물들의 상생적인 관계가 응축'되어 있기도 하다. 그러나 정작 시인이 궁극적으로 마주치고 있는 것은 맑고 투명하지만 작게 맺혀 글썽이는 이슬방울이며, 그와 같은(어쩌면 그렇게 되기를 바라는) 나'다.

이 시의 마지막 행, "내가 글썽이며 맺혀 있는 이슬방울"에서의 '나'와 '이슬방울'은 하나가 되며, 시인도 그런 상태를 꿈꾸고 있음도 분명하다. 이 순간에 '이슬'은 마침내 이 시의 대상이 아니라, 진정한 주체로 변용되기도 한다.

그러나 그 이슬방울은 소멸 앞에 놓인 운명을 피할 수는 없다. 시인은 이 시에서 그 아름다움의 절정의 순간이 품고 있는 비애를 아프게 노래한다고 볼 수 있다. 그것이 설령 이 세상에서 가장 지고지순하다고 하더라도, 절정의 순간은 바로 소멸 앞일 수밖에 없는 노릇이다. 이 시는 그 찬연한 순간을 깊이 끌어안으면서도 그 유한성을 아프게 일깨우기도 한다."

시집 『이슬방울 또는 얼음꽃』에 실린 작품 가운데 당시의 마음을 잘 반영하고 있는 시 한 편만 더 소개한다.

1
물방울 속으로 들어간다.

이윽고 투명해지는 말들.

물방울 안에서 바라보면, 길들이 되돌아와
구겨진다. 발바닥 부르트도록 걷던
그 길들 너머 또 다른 길이 열린다.

알 듯도 모를 듯도 한 나날들. 아득한 곳에서
둥글게 그가 미소를 머금고 서 있다.

그렇게도 꿈꿔 왔던 투명한 말들이
비로소 물방울 되어 글썽인다.
햇살은 그 위에 뒹굴다 굴러 떨어진다.

글썽이며 나는 자꾸만
남은 햇살을 끌어당긴다.

   2

집을 짓는다. 남루한 세월이지만
마음만은 늘 푸른 하늘 자락을 끌어안는다.
새들이 어디론가 아득하게 날아가고
돌아올 것 같지도 않지만, 마음은 제 홀로

해종일 두리기둥을 만든다. 서까래들을 다듬고,

흙일도 하고, 방을 꾸며 도배를 한다.

사랑채도 짓는다.

자그마한 창틀로 뛰어내리는 햇살,

마음은 벌써 뒷마당을 한 바퀴 휘돌아

눈길을 멀리 창밖에 던져 놓고 있다.

다시 그는 기척도 없지만, 어느새 걸어 왔는지,

앞산이 우두커니 앞마당에 서 있다.

해종일 걸어온 낯익은 길들도 문득 낯설어지고

나뭇잎들이 자꾸만 땅 위에 내리고 있다.

—「다시 낮에 꾸는 꿈」 전문

2007년에는 신문사 퇴임과 함께 시인으로만 살아가기로 마음 먹었다. 하지만 마음먹은 대로만 되지는 않았다. 열 번째 시집 『회화나무 그늘』(2008, 문학과지성사)에는 생활 리듬이 달라져 방황하면서 쓴 작품들이기 때문에 그런 빛깔이나 무늬들이 도처에 묻어나 있다. 이 시집의 해설에서 문학평론가 김선학은 "그의 시적 행로가 내면의 어둠에서 자연 속의 그늘로 나오는 과정과 경위를 표출하고 있다. 시인 자신의 자아가 자연에 놓이는 자아로 이행하면서 원숙한 사유의 결정을 드러내고 있어 시적 세계 속으로 읽는 사람을 빨아들이는 강한 흡인력을 보여 주고 있다."고 평했다.

길을 달리다가, 어디로 가려 하기보다 그저 길을 따라 자동차로 달리다가, 낯선 산자락 마을 어귀에 멈춰 섰다. 그 순간, 내가 달려온 길들이 거꾸로 돌아가려 하자 늙은 회화나무 한 그루가 그 길을 붙들고 서서 내려다보고 있다.

한 백 년 정도는 그랬을까. 마을 초입의 회화나무는 언제나 제자리에서 오가는 길들을 끌어안고 있었는지 모른다. 세월 따라 사람들은 이 마을을 떠나기도 하고 돌아오기도 했으며, 나처럼 뜬금없이 머뭇거리기도 했으련만, 두텁기 그지없는 회화나무 그늘.

그 그늘에 깃들어 바라보면 여름에서 가을로 건너가며 펄럭이는 바람의 옷자락. 갈 곳 잃은 마음은 그 위에 실릴 뿐, 눈앞이 자꾸만 흐리다. 이젠 어디로 가야 할는지, 이름 모를 새들은 뭐라고 채근하듯 지저귀지만 도무지 알아들을 수 없다.

여태 먼 길을 떠돌았으나 내가 걷거나 달려온 길들이 길 밖으로 쓰러져 뒹군다. 다시 가야 할 길도 저 회화나무가 품고 있는지, 이내 놓아 줄 건지. 하늘을 끌어당기며 허공 향해 묵묵부답 서 있는 그 그늘 아래 내 몸도 마음도 붙잡혀 있다. ─「회화나무 그늘」전문 한없는 자기 낮추기와 작아지기를 통해 불순하고 뒤틀린 세계를 뛰어넘으려는 초월의 꿈과 오래 열망해 온 '그'에게 다가서려는 몸짓은 낮으면서도 완강한 빛깔을 띠는 건 여전히 내 시가 끌어안고 있는 '밑그림'이었다고 할 수 있다.

침묵에 들기와 떠받들기

2010년대 들어서는 자신을 들여다보는 시간이 늘어나 말에 대한 외경심이 한결 커지기도 했다. 성서의 "태초에 로고스가 있었다."는 구절이나 실존주의 철학자 하이데거가 "언어는 존재다."라고 한 말은 시에 눈뜰 무렵부터 귀감으로 삼아 왔지만, 그 뿌리까지 내려가 보고 싶은 생각에 빠져 있었는지 모른다.

피카르트의 난해하지만 탁월한 말들에 겸허하게 다가가 보곤 했다. 다가간다기보다 깊이 들여다보려 했다고 할 수 있다. 더구나 요즘 시는 대체로 요설에 가까울 정도로 말이 너무 무성하다. 언어를 비틀거나 혹사하는 경우도 적지 않다. 산문화의 도도한 물결이 시를 비非시적으로 몰고 가는 이 시대에 진정한 시를 쓴다는 것은 유행을 거슬러 오르는 일이며, 끊임없이 신성한 언어를 꿈꾸는 외로움을 자처하는 일일는지도 모른다.

말은 침묵에서 나와 다시 침묵으로 돌아가지만, 침묵은 언제나 절대적인 말을 잉태한다. 시를 쓰는 일은 그 절대적인 말, 신성한 말 찾아 나서기에 다름 아니며, 침묵 속으로 깊숙이 들어가 그런 말들을 끌어안고 나오기가 아닐까 하는 생각도 해 본다.

　　열한 번째 시집『침묵의 푸른 이랑』(2012, 민음사)과 열두 번째 시집『침묵의 결』(2014, 문학과지성사)은 '침묵'을 중심 화두로 쓴 시들을 담고 있다. '침묵'에 들기와 떠받들기를 중심으로 '비우기'와 '지우기', '내려놓기'가 그 화두였다.

　　바람은 풍경을 흔들어 댑니다
　　풍경 소리는 하늘 아래 퍼져 나갑니다

　　그 소리의 의미를 알지 못하는 나는
　　그 속마음의 그윽한 적막을 알 리 없습니다

　　바람은 끊임없이 나를 흔듭니다
　　흔들릴수록 자꾸만 어두워져 버립니다

　　어둡고 아플수록 풍경은
　　맑고 밝은 소리를 길어 나릅니다

　　비워도 비워 내도 채워지는 나는
　　아픔과 어둠에서 자유로울 수 없습니다

212

어두워질수록 명징하게 울리는 풍경은
아마도 모든 걸 다 비워 내서 그런가 봅니다

　　　　　　　　　　　　　—「풍경風磬」 전문

　세상의 말들이 때로는 걷잡을 수 없는 '수다'로 들리고, 그 소음
들 속을 어쩔 수 없이 헤매면서, 막스 피카르트의 침묵의 형이상
학에 관한 글들이 새삼 마음을 사로잡고 있었기 때문인 것 같다.

　달빛이 침묵의 비단결 같다
　우두커니 서 있는 벽오동나무 한 그루,
　그 비단결에 감싸인 채
　제 발치를 물끄러미 내려다보고 있다
　깊은 침묵에 빠져들어
　마지막으로 지는 잎사귀들을 들여다보고 있다

　벗을 것 다 벗은 저 늙은 벽오동나무는
　마치 먼 세상의 성자, 오로지
　침묵으로 환해지는 성자 같다
　말 없는 말들을 채우고 다지고 지우는 저 나무,
　밤 이슥토록 달빛 비단옷 입고

이쪽을 그윽하게 바라보고 있다

오랜 세월 봉황 품어 보려는 꿈을 꿨는지,
그 이루지 못한 꿈속에 들어 버렸는지,
제 몸을 다 내려놓으려는 자세로 서 있다
달빛 비단자락 가득히
비단결 같은 가야금 소리, 거문고 소리,
침묵 너머 깊숙이 머금고 있다
—「달빛 속의 벽오동」전문

문학평론가 오생근은 시집『침묵의 푸른 이랑』의 해설을 통해 다음과 같이 풀이하고 있다.

"이태수는 언어를 통해서 언어를 넘어선 침묵의 세계를 동경하거나 성스러운 침묵의 언어를 탐구한다. 물론 그의 탐구는 절대적인 '무無'와 초월의 세계에 이르기 위한 것이 아니라 세속적 현실의 세계로 돌아오기 위한 것이다. 마찬가지로 그것은 시의 언어를 떠나기 위한 것이 아니라 진정한 시의 언어로 귀환하기 위한 것이다. 시인이 바라는 말들의 자유와 해방에는 어떤 전제가 있어야 할 것이다. 그것은 '침묵의 한가운데서', '또 다른 침묵으로 가는 길 위에서' 태어나는 시의 언어는 '침묵만이 말의 깊은 메아리를 낳'기 때문에 자유와 해방을 위해서 언어는 언제나 침묵과의 긴장 관계를 잃지 말아야 한다는 것이다. 이런 점에서 처음부터 끝까지 침묵의 언어를 동경하는 이태수의 시 세계는 화려한 '말 잔치'와는 거리가 먼 침묵의 시학으로 요약될 수 있을 것이다."

　시집 『침묵의 결』은 '침묵'으로써 언어조차 초월한 본질에 다가가려 애쓴 시집 『침묵의 푸른 이랑』의 연장선상에서 신과 자연 앞에 스스로를 한없이 낮추어 세속을 뛰어넘으려는 의도의 소산이라 할 수 있다. 이 시집 표지 글에 이 무렵 시 쓰기에 대해 다음과 같이 쓴 바 있다.

　침묵은 말이 그치는 데서 시작된다. 하지만 침묵은 말이 그치기 때문에 시작되는 건 아니다. 그때야 비로소 분명해지므로 오늘날 은폐돼 있는 침묵의 세계는 말을 위해서라도 다시 분명하게 드러나야 한다. 진정한 말이 눈뜨는 미지의 세계를 품고 있는 침묵은 그 속에 끌어안고 있는 사물들에 신성한 힘을 부여하며, 그 존재성이 침묵 속에서 강화되게 마련이다. 침묵은 늘 제자리에 그대로 있지만, 말은 침묵 없이 홀로 있을 수 없고, 그 배경 없이 깊이를 가질 수도 없다. 말은 침묵에서 나와 다시 침묵으로 되돌아간다. 그러나 침묵은 언제나 절대적인 말을 잉태한다. 시 쓰기란 그 절대적인 말, 신성한 말을 찾아 나서는 일, 침묵 속으로 깊숙이 들어가 그런 말들을 끌어안고 나오는 몸짓이 아닐는지…….

이 시집의 서시는 바로 그런 지향과 추구에 대한 압축된 메시지를 담고 있으며, 몇 년 동안 '침묵'을 중심 화두로 한 시를 쓰면서 그 명제에 '선택'과 '집중'을 했지만, 앞으로 더 나아간 세계에 이르고 싶다는 열망의 표현이라고도 할 수 있다.

내 말은 온 길로 되돌아간다
신성한 말은 한결같이
먼 데서 희미하게 빛을 뿌린다
나는 그 말들을 더듬어
오늘도 안간힘으로 길을 나선다
하지만 아무리 애써 보아도
그 언저리까지도 이르지 못할 뿐
오로지 침묵이 그 말들을
깊이깊이 감싸 안고 있다
그래도 언제까지나 가 닿고 싶은 곳은
그 말들이 눈 뜨는 그 한가운데,
그런 말들과 함께 눈 떠보는 게
한결같은 꿈이다
내 시는 되돌아간 데서
다시 되돌아오는 말을 향한 꿈꾸기다
침묵에서 다른 침묵으로 가는

초월에의 꿈꾸기다

—「시법詩法—서시」전문

시 「침묵의 벽」에서도 "침묵의 틈으로 앵초꽃 몇 송이/ 조심조
심 얼굴을 내민다"고 쓰거나 "잃어버린 말, 새 말 들을 더듬으며/
유리창 너머 풍경들을 끌어당긴다"고 한 것도, 「눈(雪)」에서 눈이
침묵에서 내린다고 본 것도 같은 맥락이다. 그래서 신성한 말에
대한 목마름을 "빗장은 요지부동, 안으로 굳게 걸려/ 문을 두드릴
수록 목이 마르다/ 새 말, 잃어버린 말들은 여전히/ 침묵의 벽 속
에 가부좌 틀고 앉아 있다"(「침묵의 벽」)고 노래했던 것 같다.

눈은 하늘이 내리는 게 아니라
침묵의 한가운데서 미끄러져 내리는 것 같다
스스로 그 희디흰 결을 따라 땅으로 내려온다
새들이 그 눈부신 살결에
이따금 희디흰 노랫소리를 끼얹는다

신기하게도 새들의 노래는 마치
침묵이 남은 소리들을 흔들어 떨치듯이
함께 빚어 내는 운율 같다
침묵에 바치는 성스러운 기도 소리 같다

사람들이 몇몇 그 풍경 속에 들어

자신도 느끼지 못하는 사이 먼 데를 바라본다

그 시간의 갈라진 틈으로

불쑥 빠져나온 듯한 아이들이 몇몇

눈송이를 뭉쳐 서로에게 던져 대고 있다

하지만 눈에 점령당한 한동안은

사람들의 말도 침묵의 눈으로 뒤덮이는 것 같다

아마도 눈은 눈에 보이는 침묵, 세상도 한동안

그 성스러운 가장자리가 되는 것만 같다

— 「눈(雪)」 전문

이 시집의 해설 '예술과 자연, 하나 되다'에서 문학평론가 김주연은 "현대 사회에서 고립화·원자화된 개인들의 소통과 그로 인한 언어의 무력화에 언어철학적으로 접근하고 있다."고 평했다. 이 해설 중 한 부분을 인용해 본다.

시력 40년의 중진시인 이태수의 근작 시집『침묵의 결』은 신과 자연, 자연이 함축하고 있는 언어, 인간의 언어와 비인간의 언어 등 이 세계의 본질과 현상에 대한 많은 문제들을 불러 놓는다. (중략) 시인의 소망은 '신성한 말'이다. 그러나 그 말은 멀리서 희미한 빛을 보일 따름이어서 시인은 안간힘으로 그저 길을 나설 뿐이다. (중략) 자연/신성/ 침묵의 포괄항은 때로 시끄러운 인간 세상마저 뒤덮으면서 신성성의 세계를 준다. 인간의 언어로 조직되어 있으면서도 끊임없이 신성을 환기시키는 이태수 시의 핵심은 결국 이러한 명제 둘레를 맴돈다. (중략) 그러나 시인은 절망하지 않고 그 풍경들을 "끌어당긴다." 말을 잃었으나 자연 속의 신성을 기웃거리는 모습은 새로운 소망을 예감케 한다.

그윽한 적막, 역설적 자기 성찰

열세 번째 시집 『따뜻한 적막』(2016, 문학세계사)은 시집 『침묵의 푸른 이랑』, 『침묵의 결』에 이어 내놓은 시집으로 '적막'을 따뜻하게 끌어안는 마음의 그림들을 진솔하게 담았다. 등단 이후 오랜 세월 '초월에의 꿈'을 기본 명제로 더 나은 세계 꿈꾸기로 일관해 온 것 같지만, 2010년대 들어서는 신과 자연, 자연이 함축하는 언어, 인간의 언어와 비인간의 언어 등 이 세계의 본질과 현상에 천착하면서 신성 환기에 무게중심을 두어 왔던 것 같다.

『따뜻한 적막』은 자연과 어우러진 심상 풍경들을 겸허하고 신성한 언어로 감싸 안고, 적막한 현실 너머의 따스한 풍경에 다가가거나 그 풍경들을 끌어당겨 깊이 그러안으려는 형이상학적인 꿈에 무게를 실어 보려 했다.

새벽에 창을 사납게 두드리던 비도 그치고

이른 아침, 햇살이 미친 듯 뛰어내린다

온몸이 다 젖은 회화나무가 나를 내려다본다

물끄러미 서서 조금씩 몸을 흔든다

간밤의 어둠과 바람소리는 제 몸에 다 쟁였는지

언제 무슨 일이 있기라도 했느냐는 듯이

잎사귀에 맺힌 물방울들을 떨쳐 낸다

내 마음보다 훨씬 먼저 화답이라도 하듯이

햇살이 따스하게 그 온몸을 감싸 안는다

나도 저 의젓한 회화나무처럼

언제 무슨 일이 있어도 제자리에 서 있고 싶다

비바람이 아무리 흔들어 대도, 눈보라쳐도

모든 어둠과 그림자를 안으로 쟁이며

오직 제자리에서 환한 아침을 맞고 싶다

— 「환한 아침」 전문

마음을 내려놓고 비우노라면 적막마저 그윽해지는 느낌을 안
겨 주었다. 해설을 통해 문학평론가 김인환은 "시인은 침묵과
적막 속에서 근거 자체에 대한 믿음을 확인한다. 궁극적 근거
를 굳게 믿고 있다는 점에서 시인의 적막은 따뜻한 적막이다."
라고 했다,

마음 가난하고 적막한 사람들 가까이 다가가 따뜻한 위안이라
도 될 수 있었으면 하는 바람은 그 이후에도 무늬와 결을 다소 달
리하면서 여전히 지속됐다. 외로움이나 쓸쓸함, 허무와 무명마저
도 따뜻하게 끌어안으면서 '위무와 위안의 시', 낮은 소리로 따뜻
한 세계를 지향하는 '긍정의 시'를 빚어 보고 싶었다.

지나간다. 바람이 지나가고
자동차들이 지나간다. 사람들이 지나가고
하루가 지나간다. 봄, 여름,
가을도 지나가고

또 한해가 지나간다.
꿈 많던 시절이 지나가고
안 돌아올 것들이 줄줄이 지나간다.
물같이, 쏜살처럼, 떼 지어 지나간다.

떠나간다. 나뭇잎들이 나무를 떠나고
물고기들이 물을 떠난다.
사람들이 사람을 떠나고
강물이 강을 떠난다. 미련들이 미련을 떠나고

구름들이 하늘을 떠난다.

너도 기어이 나를 떠나고

못 돌아올 것들이 영영 떠나간다.

허공 깊숙이, 아득히, 죄다 떠나간다.

비우고 지우고 내려놓는다.

나의 이 낮은 감사의 기도는

마침내 환하다.

적막 속에 따뜻한 불꽃으로 타오른다.

—「지나가고 떠나가고」 전문

『따뜻한 적막』에서와 같이 기본 명제(중심 화두)가 '초월에의 꿈'인 열네 번째 시집『거울이 나를 본다』(2018, 문학세계사)는 완만한 역설의 자기 성찰로 자연과 내면을 넘나들면서 빚어지는 심상 풍경들을 떠올리는 한편, 때로는 파토스와 에토스들을 비켜서지 않고 진솔하게 내비치는 빛깔을 띠고 있는 점도 조금 다르다.

유리창 너머를 바라보고 있으면

새들이 날아들고 나무들이 다가선다

그러나 다가가고 날아가는 건

정작 내 마음일 따름이다

마음의 빈터에 새들을 부르고
나무들을 끌어당겨도 부질없는 일일까

유리창은 투명하고 견고한 벽이므로,
견고한 만큼 투명하고 투명한 만큼
견고한 유리창은
이쪽과 저쪽을 투명하고 견고하게
갈라 놓고 말 것이 너무나 분명하므로,

하지만 오늘도 창가에 앉아
유리창 너머 풍진 세상을 끌어당긴다
분할된 안팎을 아우르는 꿈에
안간힘으로 날개를 달아 본다
유리창 이쪽 마음의 빈터에 나무를 심고
새들의 노랫소리도 불러 모은다

―「유리창」 전문

　여전히 나의 삶은 초월에의 꿈꾸기이며, 시는 그 기록이자 자아 실현의 길 찾기다. 「유리창」에서는 완곡하게나마 그런 상승 지향 의지를 떠올리고 있다. 하지만 현실과 이상 사이에는 투명하면서도 완강한 '벽'이 가로막고 있어 비관에서 자유롭지 못하다. 그러나 꿈을 꾸며 살지 않을 수는 없다.

이 시집의 서문(시인의 말)에서 "적막을 따뜻하게 끌어안으려는 마음에 조금은 금이 가 있는 듯도 하다. 삶의 비애는 아무래도 벗어나기 어렵고, 그 파토스들이 끊임없이 이랑져 오기 때문이다. 삶은 더 나은 세계를 향한 꿈꾸기이며, 시는 그 기록들이라 할 수 있다. 하지만 꿈은 언제까지나 꿈으로만 남을는지 모른다. 오랜 세월 초월에의 지향에도 불구하고 진정한 자아 회복에 대한 목마름은 여전하다. '나'를 찾아 헤매왔지만 '나'는 '내 허상의 허상'이라는 생각에서도 자유롭지 않다."고 밝히기도 했지만 다음의 시는 최근의 그런 심경을 드러낸 작품이다.

사는 게 꿈꾸기라고 생각해 왔는데
이젠 그 생각이 좀 달라지는 것 같습니다

아무리 꿈꾸어도 언제나 제자리걸음 같아서,
꿈은 어디까지나 꿈일 뿐이어서
그런 것일까요
꿈을 꾸다가 지칠 대로 지쳐서,
그 미련마저 떨쳐 버리고 싶기 때문일까요

아무튼 요즘은 꿈꾸듯 말 듯 길을 나섭니다
때로는 게걸음으로 느리게 걷습니다

지우고 비우고 내려놓아야겠다고 마음먹으며
꿈밖에서 서성거리기도 합니다
멍하니 서 있거나
결가부좌 틀고 앉아 있다가도
이내 마음 바뀌 흐르는 물같이 가곤 합니다

비바람 불고 눈보라 몰아쳐도 꿈꾸듯 말 듯
한결같은 그 걸음으로 가려 합니다

(그런데 또 왜 이런 꿈을 꾸는 거지요……)

거울이 물끄러미 나를 본다

— 「꿈꾸듯 말 듯」 전문

　가파른 세파는 늘 상처를 덧나게 하고, 불면의 밤을 가져다준
다. 눈을 떠도 감아도 내가 목마르게 찾고 있는 '내'가 보일 듯 말
듯 희미하다. 애써 봐도 마냥 떠밀리고 떠내려가는 느낌마저 지
워지지 않는다. 왠지 요즘은 자주 거울을 들여다보게 된다. 물같

이 가는 시간의 흐름에는 사방연속무늬의 얼룩들이 어른거리고, 거울에 비친 내 모습이 처량해 보인다. 그런 나를 거울이 물끄러미 바라보고 있는 것만 같다. 이즈음의 비애는 역설적 자기성찰에 기울게 하기도 한다.

아래 인용하는 글은 시집 『거울이 나를 본다』에 대한 시인 이진홍의 해설 '분별의 창을 닫고 관조하는 자아상'의 부분(요약)이다.

그는 초기의 실존적 방황과 중기의 비속한 현실을 벗어나려는 길 찾기를 거쳐 후기의 침묵과 적막에 이르는 동안 시종일관 서정을 끌어안으며 초월을 꿈꾸어 오고 있다. 그의 '꿈꾸기'는 이제 '꿈꾸듯 말 듯'으로 바뀌면서 주객의 대립과 분별을 사라지게 하고, 이 변화를 통하여 시인은 서구의 논리적 분별상을 동양의 초월적 통합상으로 이끌어 오게 된다. 내가 거울을 보는 게 아니라 거울이 나를 본다는 전도된 진술을 통해서 시인은 즉자—대자의 위치를 바꾸어 보고 있다. 시인이 거울을 보는 게 아니라 거울이 시인을 본다는 역설적 표현은 이제 그가 기존의 분별과 판단의 창을 닫고 그냥 거기 그렇게 있는 즉자 존재의 입장에 처해 보겠다는 의미로 읽힌다. 그렇게 해서 시인은 자아와 세계의 대립을 지양하고 즉자—대자의 종합을 지향하는 것이다.

이 시집에는 표현 기법도 앞의 시집 『따뜻한 적막』과 마찬가지로 실내악이나 교향악처럼 처음과 끝이 같은 'A—B—A' 형식이 거

226

의 예외 없이 도입돼 있으며, 역시 같은 맥락의 회화적(시각적) 효과를 얻기 위해 시의 행과 연의 앞뒤 흐름이 대칭 구조를 이루도록 구성하고, 형태미를 더 강화하기도 했다. 이 같은 시도는 술과 술잔의 함수관계가 그렇듯이, 형식이 내용의 맛과 분위기를 한결 돋우어 주리라는 생각 때문이며, 시의 특성을 온건하면서도 완강하게 유지하면서 더욱 단정하고 정결한 문체를 지향하고 선호하는 개인적인 취향 때문이다.

시는 쓸 때 시인의 몫이지만 그 이후에는 읽는 사람의 몫이라는 말이 있다. 이 선집을 엮으면서 나름으로 의도한 바가 없지 않으나 이제 읽는 분들의 몫으로 돌리려 한다. 하지만 나와 가까이 만날 수 있는 분들도 있었으면 하는 기대와 바람도 가져 본다.

이태수 시인

1947년 경북 의성에서 출생, 1974년 《현대문학》을 통해 등단했으며, 《자유시》 동인으로 활동했다. 시집 『그림자의 그늘』(1979, 심상사), 『우울한 비상의 꿈』(1982, 문학과지성사), 『물속의 푸른 방』(1986, 문학과지성사), 『안 보이는 너의 손바닥 위에』(1990, 문학과지성사), 『꿈속의 사닥다리』(1993, 문학과지성사), 『그의 집은 둥글다』(1995, 문학과지성사), 『안동 시편』(1997, 문학과지성사), 『내 마음의 풍란』(1999, 문학과지성사), 『이슬방울 또는 얼음꽃』(2004, 문학과지성사), 『회화나무 그늘』(2008, 문학과지성사), 『침묵의 푸른 이랑』(2012, 민음사), 『침묵의 결』(2014, 문학과지성사), 『따뜻한 적막』(2016, 문학세계사), 『거울이 나를 본다』(2018, 문학세계사), 육필 시집 『유등 연지』(2012, 지식을 만드는 지식), 시론집 『대구 현대시의 지형도』(2016, 만인사), 『여성시의 표정』(2016, 그루), 『성찰과 동경』(2017, 그루), 미술 산문집 『분지의 아틀리에』(1994, 나눔사), 저서 『가톨릭문화예술』(2011, 천주교 대구대교구) 등을 냈다. 매일신문 논설주간, 대구한의대 겸임교수, 대구시인협회 회장, 한국신문방송편집인협회 부회장 등을 지냈으며, 대구시문화상(1986, 문학), 동서문학상(1996), 한국가톨릭문학상(2000), 천상병시문학상(2005), 대구예술대상(2008) 등을 수상했다.

먼 불빛

이태수 시선집

초판 1쇄 2018년 4월 20일
초판 2쇄 2018년 5월 10일

지은이 이태수
펴낸이 김종해
펴낸곳 문학세계사

주소 서울시 마포구 신수로 59-1(04087)
대표전화 02-702-1800   팩시밀리 02-702-0084
이메일 mail@msp21.co.kr
홈페이지 www.msp21.co.kr
페이스북 www.facebook.com/munsebooks
출판등록 제21-108호(1979.5.16)

값 12,000원
ISBN 978-89-7075-875-6 03810
ⓒ 이태수, 2018